# Comment j'ai relooké Aurélien Barucci

Sophie Dieuaide

# Comment j'ai relooké Aurélien Barucci

## Signé Juliette
### Tome 1

Cet ouvrage est la reprise, remaniée par l'auteur, de deux livres de la série
*Sabine-Juliette.com* parus dans la Bibliothèque Verte, chez le même éditeur :
*Demandez conseil* et *Parlez-vous anglais ?*

© Hachette Livre, 2005, et 2009, pour la présente édition.

*À Jack Dupuy
et à la vraie « Veurdginie »*

# Juliette

Moi, Juliette, je voulais d'abord me présenter mais n'allez pas en conclure que j'adore parler de moi, de moi et encore de moi. N'écoutez pas les mauvaise langues… Je suis même plutôt discrète, c'est ça ! Discrète et réservée. Si, si ! J'adore vous raconter tout ce qui m'arrive mais ne vous attendez pas à des choses trop personnelles si vous voyez ce que je veux dire… Bon, j'y vais !

**Prénom :** Juliette   **Nom :** Lambert

**Âge :** 14 ans.

**Description physique :** (En résumé, disons que je m'aime bien.)

**Taille :** Je ne suis pas très grande mais je ne me sens pas petite.

**Poids :** Ça ne vous regarde pas mais je ne suis pas grosse.

**Défaut :** Mes cheveux ! Je m'en occupe tout le temps mais rien à faire… ça cloche !

**Ma famille :** Mes parents et mon frère Mathieu (trois ans de moins que moi, presque quatre). Nos parents sont sympas mais nos secrets, on les garde pour nous. On habite dans un appartement vieux, chouette et encombré mais on s'y retrouve (j'ai ma chambre pour moi toute seule).

Je sens que j'oublie quelque chose… Ah oui !

**Résultats scolaires :** Bon, le collège, ce n'est pas une passion mais je ne suis pas allergique non plus, voilà, c'est dit !

**Sabine :** C'est mon amie depuis la maternelle. Depuis la sixième, on n'est plus dans la même classe mais ça ne nous a pas séparées. Rien et personne n'y arrivera de toute façon ! Surtout depuis qu'on a créé *Sabine et Juliette, Conseils* ! Mais ça… vous comprendrez plus tard…

Note : Re-re-redemander à Sabine de faire sa fiche !

# Sabine

Salut, je suis Sabine ! Je vais la faire, cette fiche, puisque Juliette me tanne mais je n'ai pas l'habitude de raconter ma vie, moi.

**Prénom :** Sabine   **Nom :** Daumier

**Âge :** 14 ans.

**Description physique :** Je suis rousse et peut-être un tout petit peu enveloppée, un tout petit peu !

**Défaut :** Je ne vois pas…

**Caractère :** Je suis presque toujours de bonne humeur. Il paraît que je suis émotive, que je ris et que je pleure pour un rien (ce n'est pas faux).

**Ma famille :** Je vis avec ma mère. J'ai aussi une grande sœur mais elle fait des études en Angleterre. Juliette (qui lit par-dessus mon épaule) me dit d'être plus précise sur ma famille mais je n'en ai pas envie.

**Résultats scolaires :** J'aime bien l'école, en tout cas plus que Juliette (qui vient d'aller se chercher un verre d'eau).

**Sports :** Danse et natation.

**Ce que j'adore :** Les vêtements avec plein de couleurs et les bracelets. Et aussi le chocolat. Et aussi Johnny Depp. Et j'adore être tout le temps avec Juliette et Mathieu (son frère), et j'adore qu'on ait fait *Sabine et Juliette, Conseils* parce que j'aime bien m'occuper des autres.

Bon, c'est un peu en vrac tout ça mais j'avais prévenu que je n'ai pas l'habitude.
Voilà ! Je l'ai fait ! Ouf !

# Mathieu

Salut à tous ! C'est moi, Mathieu !
Juliette ne m'a pas demandé de fiche, ni de photo, bien sûr ! Il n'y en a que pour elle et sa copine ! Je suis là pour le décor ou quoi ? Ma sœur est pourtant très, très gentille quand elle a besoin de moi pour *Sabine et Juliette, Conseils*. Elle est même adorable quand elle a un problème avec notre ordinateur. Mais là, elle ne m'a même pas demandé de me présenter ! Tant pis : je le fais quand même !

**Prénom :** Mathieu   **Nom :** Lambert

**Âge :** 10 ans.

**Résultats scolaires :** Je suis en CM2 et ça se passe très bien mais je ne donnerai pas mes notes, je sais que ça énerve. Ce n'est pas prétentieux, c'est vrai ! Je ne vais quand même pas m'excuser !

**Ma famille :** La même que ma sœur mais moi, je suis « le petit dernier ». Ceux qui sont dans la même situation comprendront…

**Mes passions :**

1. L'informatique. Sans moi, Sabine et Juliette seraient encore en train de chercher le bouton "ON-OFF" de l'ordinateur…
2. Faire la cuisine !
3. Lire des romans policiers.
4. L'école mais je l'ai déjà dit.
5. Les Legos mais c'est fini. Maintenant j'ai passé l'âge de jouer à ces trucs de petits.
6. Les chiens ! C'est mon nouveau rêve : avoir un chien géant !

Maintenant vous savez tout, à plus !

# 1

## Amour et relooking… 30 euros

Je l'avais déjà repérée qui faisait les cent pas sous les fenêtres de la salle des profs. Elle portait, en violet, le même genre de petit haut que moi, un peu moulant, à capuche. Dix bonnes minutes que cette jolie brune à lunettes se tortillait les mains en nous regardant, j'y vais, je n'y vais pas.

— Bonjour… Vous êtes Sabine et Juliette ?

— C'est nous ! a claironné ma copine sans cesser d'admirer ses nouvelles baskets. Juliette et Sabine, Sabine et Juliette ! Et toi ? Qui es-tu ? On peut faire quelque chose pour toi ?

— Je m'appelle Lucie. Je suis en quatrième D, une fille de ma classe m'a parlé de vous. Elle dit que vous pourrez peut-être m'aider.

Elle tirait nerveusement sur les passants de son jean. Sautillant d'un pied sur l'autre, elle a vérifié que personne ne pouvait entendre avant d'ajouter :

— J'ai... j'ai un problème avec un garçon.

— Faut voir, faut voir..., lui a répondu Sabine en se laissant glisser du dossier du banc. Juliette ? Tu as l'agenda ?

Je l'avais. Au fond du fond de mon sac, sous mes livres, mais je l'avais, l'agenda noir en faux nubuck, très classe, que j'ai emprunté *définitivement* à mon père, il y a quelques mois.

— Voyons... Mardi, c'est plein... Mercredi... Oh là ! Archiplein ! Si on disait jeudi ? Jeudi à midi au CDI, au calme, ça t'irait ?

— Oui, mais pourquoi pas maintenant ?

— Désolée ! ai-je répondu vivement. On ne travaille QUE sur rendez-vous ! Ne le prends pas mal mais on a vraiment un emploi du temps chargé !

Sabine lui a tendu notre feuille de tarifs.

— Tiens ! En attendant, tu liras ça tranquillement chez toi. Je te conseille notre formule *Amour et Relooking*, ça revient nettement moins cher. Alors... à jeudi !

On n'a pas ajouté un mot et on a gardé un sourire distant pour que Lucie comprenne bien qu'elle n'obtiendrait plus rien. Il faut faire attention : un client, ce n'est pas un copain ! Sourire à tout bout de champ, ça ne fait pas professionnel. Les clients perdent vite confiance quand on est trop aimable.

J'ai regardé Lucie s'éloigner. Déjà plongée dans la lecture de nos tarifs, elle partait à petits pas, la tête rentrée dans les épaules.

**Sabine et Juliette**
CONSEILS

# Vous vous sentez nulles ? moches ? mal aimées ?

Vous avez raison !
Venez d'urgence nous consulter !

- Conseils en Amour : 10 euros
- Problèmes familiaux : 5 euros
- Problèmes scolaires : 6 euros
- Autres problèmes : 5 euros

- Relooking (coiffeur et vêtements en sus)
- Forfait cinq séances Amour et relooking

Un très léger supplément pourra être demandé pour les cas difficiles

## Devis gratuit ! Discrétion assurée !

Sur rendez-vous uniquement, aux heures de récréation.
Banc de gauche, cour des Tilleuls.

À bien la regarder, il y avait du travail, mais cette fille-là ne pouvait pas mieux tomber ! Sabine et moi, on allait lui arranger ça. En quelques mois, on est devenues... Comment dire ça sans paraître prétentieuses ? Disons... les reines du conseil !

Contre juste rétribution, nous proposons à tout élève du collège un plan d'attaque pour régler ses problèmes d'amour, de look, de parents, pourquoi pas de frères et sœurs, ou même de professeurs.

Quand je dis « tout élève du collège », il faut nuancer. Au début, Sabine avait la fâcheuse manie de se laisser attendrir. Le cas Sophie-Charlotte Duchaussoy, par exemple, avait bien failli ruiner notre réputation, et nous avait valu tellement d'heures de colle que j'ai eu l'impression d'habiter au collège. Non seulement nous avions échoué lamentablement dans le relooking de Sophie-Charlotte, mais sa mère, qui n'avait pas apprécié qu'on troque ses jupes plissées comme des rideaux de TGV contre quelque chose de plus dans le coup, de plus grunge, était intervenue auprès du Principal. Projetées par Mme Duchaussoy dans son bureau, notre feuille de tarifs et Sophie-Charlotte, comme preuve vivante du désastre, nous avaient condamnées sans discussion. Douze heures de colle chacune !

Sabine, quand même gênée vis-à-vis de moi (le faux piercing, c'était SON idée), ne proteste plus désormais quand je refuse les cas vraiment désespérés.

D'une part, il y va de la survie de notre entreprise,

d'autre part, ce n'est pas correct : on ne fait pas dépenser autant d'argent sans garantie de résultat.

Maintenant, de la sixième à la troisième, tout le monde nous connaît. *Sabine et Juliette, Juliette et Sabine, Conseils*, comme l'indique notre papier à en-tête, comme l'indique la pancarte que nous déposons sur notre banc pendant nos heures de permanence (10 h - 10 h 30 ; 12 h - 14 h, tous les jours sauf le week-end).

On ne compte plus les filles et les garçons qu'on a sauvés de la déprime, rendus irrésistibles en deux temps, trois mouvements.

— On a réussi, hein ? ai-je dit joyeusement.

— Ah, ça ! s'est exclamée Sabine. Je n'aurais jamais imaginé un succès pareil !

## 2

## Mademoiselle Pimbêche

Tout a commencé fin septembre sur ce même banc de la cour, un jour où on lézardait au soleil. On regardait sans les regarder les élèves déambuler quand j'ai remarqué Lionel Peltie, Jérôme Cosserat et Khaled Mokadem qui ne quittaient pas des yeux Élisabeth Morin, une fille de ma classe. Ils rigolaient, ils se poussaient du coude et semblaient se moquer d'un autre quatrième B qui n'avait pas l'air très à l'aise. Le pauvre, on peut même dire qu'il était écarlate. Dès que Élisabeth leur tournait le dos, Jérôme Cosserat se jetait à genoux en lui envoyant des baisers enflammés, Lionel s'évanouissait et Khaled tirait la langue comme le loup raide amoureux des dessins animés.

Sabine les avait vus aussi.

— Si Élisabeth les repère, ils vont se prendre des claques ! T'as vu celui qui est tout gêné, à mon avis, il est amoureux d'elle...

— Alors il va souffrir, ai-je répondu. Avec ses joues rouges et ses manières empotées, il n'a aucune chance avec Mlle Pimbêche !

— Mlle Pimbêche ?

— Oh ! Ce n'est pas moi qui lui ai trouvé ce surnom, mais je t'assure que ça lui va comme un gant.

Sabine continuait de dévisager le garçon.

— Il me fait vraiment pitié ! Il aurait mieux fait de tomber amoureux de quelqu'un d'autre, même Miss France, ça doit être plus facile. On pourrait peut-être lui dire comment s'y prendre avec Élisabeth ?

— Lui dire quoi ? Bonjour, c'est nous, Sabine et Juliette, on va t'aider à séduire la fille de tes rêves vu que tu nous fais pitié avec ton air bête et tes joues rouges ?

— Mouais...

On est restées silencieuses pendant que le groupe s'éparpillait. Le garçon a lancé un dernier regard mélancolique à Élisabeth Morin avant de suivre, d'un pas traînant, ses copains, toujours morts de rire.

— Quand même... le pauvre..., a encore soupiré Sabine.

Des soupirs, elle en a poussé toutes les cinq minutes, très exactement jusqu'à ce que je cède.

— Bon, d'accord ! On va s'en occuper, de ton protégé ! Mais attention ! Ça demande un minimum de préparation. Il nous faut des informations plus précises sur Élisabeth, ce qu'elle aime, ce qu'elle fait...

— Je m'en charge ! s'est écriée Sabine. J'interroge les copains, je mène ma petite enquête et je sais tout ! Son groupe préféré, sa taille de maillot de bain, et même ce que sa grand-mère mange au petit déjeuner ! Je t'appelle ce soir chez toi, promis ! Ciao !

Sabine a traversé la cour en courant et a disparu sous le préau. Moi, je suis restée sur mon banc en attendant la reprise des cours parce que, comme je l'ai déjà dit, il y avait du soleil.

En géographie, je me suis retrouvée juste derrière Élisabeth Morin. Non ! Il ne faut pas que je commence à mentir, disons que je me suis assise exprès derrière elle.

Le professeur, tout content comme s'il annonçait que les grandes vacances étaient avancées de six mois, a clamé :

— Aujourd'hui, nous commençons l'étude des régions désertiques !

— Chouette ! a dit un élève.

— Beuuurk ! ont dit presque tous les autres.

— Qui peut me situer les zones désertiques sur cette carte du monde ? a demandé M. Charpentier.

Les réponses ont fusé, ce n'était pas trop difficile, c'était colorié en jaune.

— Bien ! Que remarque-t-on ? a continué le professeur. Observez bien !

Moi, j'observais plutôt Élisabeth. Les cheveux tirés en arrière, attachés en queue de cheval, impeccables.

À cette heure de la journée, pour qu'aucune mèche ne dépasse, elle avait dû se recoiffer pendant la récré. J'ai pris mon cahier de géo et j'ai commencé à noter.

*Les zones désertiques :*

*Mademoiselle Pimbêche :*
*– fait attention à l'aspect physique.*

Elle portait un jean très propre, un joli pull court, visiblement tout neuf. Elle avait l'air d'avoir trop chaud. Je progressais ! Élisabeth Morin était le genre de fille qui préfère cuire toute la journée si ça lui permet de faire admirer son dernier pull. J'ai ajouté :

*– Très, très attention à l'aspect physique.*

J'examinais ses baskets (*veut aussi avoir l'air d'une sportive*) quand elle a brusquement levé le doigt.
— Monsieur ! Moi, je suis déjà allée dans le désert, dans le Sahara ! J'ai même dormi sous une tente touareg !
— Quelle chance ! s'est exclamé M. Charpentier. Raconte-nous ça !
Élisabeth ne s'est pas fait prier (*très contente d'elle*). Elle a donné tellement de détails qu'on aurait pu croire qu'elle y avait vécu des années (*aime bien s'écouter parler, frimeuse*). Le professeur était aux anges mais les élèves ont fini par se fatiguer.
— T'étais princesse du désert dans une autre vie ? a rigolé Jérôme Flesch.
— Laisse tomber ! a ricané Thomas Derry. Dans une autre vie, elle était cactus !

— *Susceptible.*
— *Moins polie qu'elle en a l'air.*

C'était dommage qu'on ait seulement une heure de cours ensemble, cet après-midi-là. Il me manquait un petit peu de temps pour tout comprendre. Oui, si Élisabeth n'avait pas fait allemand première langue (*soi-disant bonne élève*), j'aurais pu faire le tour du personnage.

De retour à la maison, je n'ai pas eu le temps de lancer mon sac dans ma chambre, mon frère m'a crié :

— Téléphooone ! C'est Sabiiiiiiine !

— Tu as de quoi noter ? m'a tout de suite demandé ma copine.

— Mouiiii... Attends...

Il y a toujours cinquante carnets près du téléphone mais jamais un stylo qui marche. Je me suis contentée d'un vieux crayon de bois aussi grignoté qu'une barre d'aliment pour hamsters.

— Note ! Élisabeth Morin, adresse : 25, rue du Général-Folon à Nogent, téléphone : 01 02 03 56 78...

— Ça, j'aurais pu le trouver toute seule.

— Et tu aurais pu trouver aussi qu'elle est née le 25 mai à Nantes... Loire-Atlantique ?

— C'est une fiche de police ?

— Note, note ! Sports pratiqués : tennis, équitation, natation. M'étonne qu'elle n'ait pas les fesses qui tombent comme certaines !

— Oh, ça va, hein ! Et dicte plus doucement !

Je n'écrivais plus qu'avec le petit bout de mine, le crayon m'avait lâchée.

— J'ai du mal à me relire... ah oui ! Elle adore les bouquins de science-fiction ! Elle a quand même un truc superbizarre, elle n'écoute que de la musique classique.
— Non !
— Si !
— Mais quoi comme musique ?
— Mozart, Vivaldi, Aznavour, des trucs comme ça. Tu crois qu'on en sait assez ?
— C'est déjà pas mal. Moi, je l'ai bien observée en classe, j'ai noté des tas de détails sur sa personnalité. Je te ferai lire ça demain mais il faudrait peut-être quelques précisions sur... euh... (à l'époque, ça me gênait un peu de parler de ces choses-là, quelle idiote !) sur ses petits copains, quoi !
— T'AS RAISON ! a hurlé Sabine dans le combiné. Je passe deux ou trois coups de fil et je te rappelle !

Chlong ! Elle m'a raccroché au nez. Je suis allée dans ma chambre et j'ai jeté un œil sur mon cours de sciences et vie de la terre, une histoire dégoûtante à propos des grenouilles. Les pauvres bêtes n'étaient pas au mieux de leur forme. Sur la photo 4, on leur inoculait un liquide bleu fluo quand mon frère est entré brusquement.

— Juliette, tu es sourde ! Prends le téléphone ! C'est toujours pour toi ! Y'en a marre d'être dérangé !

Si mes parents avaient été d'accord pour que j'aie un portable, il y aurait eu moins d'histoires.

— Je suis en train de faire la cuisine, moi ! a continué de protester Mathieu.

C'est vrai que le combiné sentait assez fort l'huile d'olive.

À l'autre bout du fil, la voix de Sabine avait déjà commencé la conversation.

— ... moche ! C'est moche ! grognait-elle. Élisabeth Morin n'a aucun copain identifié. Pas la moindre histoire d'amour, même pas un amoureux de primaire.

Mon petit frère me faisait des signes assez clairs d'étranglements huileux s'il devait encore décrocher pour moi, alors j'ai rassuré Sabine.

— T'inquiète pas, on en sait assez pour commencer. Rendez-vous sur le banc demain à midi et ramène l'amoureux !

# 3

# Ouiiink ! Ouiiink !

Ce soir-là, je n'ai plus pensé à Élisabeth Morin et à Aurélien Barucci. Peu à peu, ils me sont sortis de la tête ; je n'en ai même pas parlé à mon petit frère.

Il faut dire aussi qu'on était occupés !

— Ça y est ? T'as fini tes coups de fil ? a ronchonné Mathieu quand je l'ai rejoint dans la cuisine. C'est que j'ai besoin d'aide, moi ! Je n'arrive pas à me servir de l'ouvre-boîtes.

Je ne savais pas encore ce qu'il mijotait mais il en rigolait tout seul.

— J'ai décidé de préparer le dîner, ça va être royal ! Vise un peu : *Avocats aux crevettes*, classe, non ? J'ai fini la sauce, j'étais en train d'écrire des menus, comme au restaurant.

— Plutôt anorexiques, tes crevettes... Faudra pas les rater en mangeant.

— Ne commence pas, hein ! Ouvre plutôt la boîte de carottes !

Mon frère a repris son crayon-feutre, il a hésité une demi-seconde et il a éclaté de rire.

— *Côtes de porc grippé et carottes aux pesticides* ! Bien non ? Et qu'est-ce que tu dis de : *Fromage au lait fermier d'Ukraine* ?

Ce n'était pas vraiment une question vu que Mathieu avait déjà dessiné une nouvelle étiquette pour le camembert, une belle tête de mort entourée de lettres sanglantes : *Made in Tchernobyl*.

— On va rigoler, hein ?
— Sûr !

On a entendu du bruit dans l'entrée.

— Qu'est-ce que vous fabriquez dans la cuisine ?
— N'entre pas, maman ! C'est une surprise ! a crié Mathieu.

Elle est entrée quand même. Elle a posé deux sacs de courses sur la table, et j'ai eu droit à un bisou dans les cheveux et Mathieu, à un bisou sur la joue. Elle a lu les menus par-dessus l'épaule de mon frère en souriant un tout petit peu, et la sentence est tombée :

— C'est extrêmement drôle, presque aussi drôle que le dessert piégé de dimanche mais ce soir, vous allez rire tout seuls, vous mangez avant nous, j'ai des invités.

— Oh non ! a protesté Mathieu. Tout était prêt !

En sortant, maman m'a regardée.

— Ton frère, je comprends, mais, toi, ma Juliette,

quand est-ce que tu vas te décider à grandir ? Tu joues à la jeune fille et, deux minutes après, tu t'amuses à des blagues idiotes !

On a mangé, seuls, nos côtes de porc grippé. Mathieu était déjà salement atteint par la maladie quand papa nous a appelés pour qu'on vienne saluer leurs invités qui arrivaient. Mon frère s'est précipité en toussant dans le salon et il a crié comme si on l'égorgeait :

— Ouiiink ! Ouiiink ! Alerte ! Alerte ! C'est la grippe !

C'était vraiment une bonne soirée.

Je n'ai repensé à Aurélien Barucci que le lendemain midi, en le voyant approcher avec Sabine. Je l'ai bien regardé et je me suis dit que j'aurais dû tourner 42 571 fois ma langue dans ma bouche avant d'accepter de m'occuper du protégé de ma copine. Elle le poussait par les épaules. Autant elle était marrante avec ses vêtements bariolés et ses bracelets qui font diling, diling, autant Aurélien n'avait rien pour lui mais alors, ce qui s'appelle rien ! La démarche apathique, le genre allergique au pollen, rhume des foins et tout le tintouin, une coiffure de Yorkshire, le T-shirt qui n'en finissait pas de lui descendre le long des jambes, lesquelles étaient arquées comme s'il avait passé son enfance sur un tonneau, pour ne rien arranger.

Il a sursauté quand Sabine me l'a présenté.

— Aurélien ! Aurélien Barucci !

Il a semblé hésiter et il s'est décidé à me tendre une main molle et moite, mais ça, je m'y attendais un peu.

29

— B'jour..., a-t-il grommelé. Sa... Sabine m'a expliquéééé... C'est bizarre votre idée de m'aider... mais... mais c'est coool...

J'ai pensé un moment qu'un bon choc électrique nous ferait peut-être gagner quelques années mais il n'y avait pas de prise dans la cour.

— Dis à Juliette que tu es d'accord pour qu'on t'aide ! s'est exclamée Sabine.

— Ouuuuais... J'suis d'accooord..., a repris Aurélien. C'est sympaaa...

Plus je le regardais et plus j'avais l'impression de voir un film au ralenti. Oui ! Un documentaire au ralenti sur les lémuriens !

J'ai tenté de prévenir Sabine qu'il y avait des limites à ma bonne volonté, je lui faisais des signes évocateurs mais c'était déjà trop tard. Elle regardait Aurélien d'un air attendri et horripilant.

Le summum a été atteint quand elle lui a posé une main encourageante sur l'épaule.

— On va t'arranger, ça ! C'est promis ! Dans quinze jours, Élisabeth s'inscrit à ton fan club, c'est moi qui te le dis !

Aurélien a gloussé de plaisir, en tirant à deux mains sur son T-shirt. J'ai repensé avec inquiétude à mes notes de géographie : *Fait très très attention à l'aspect physique*, et j'ai décidé de les oublier pour un moment.

— Très bien, Aurélien ! Voyons déjà ce que tu as en commun avec Élisabeth Morin !

— Élisabeeeth..., a-t-il répété.

— Est-ce que tu fais du sport ? a enchaîné Sabine

en consultant ses fiches sur Mlle Pimbêche. Tu fais du tennis ?

— Non...

— Du judo ?

— Non...

— De la natation ?

— Non...

— Même pas de natation ! Tu as tort ! Moi, je nageote de temps en temps, ça fait un bien fou ! Hein, Juliette ?

— Sûrement, surtout si on aime le chlore, les cheveux qui flottent au fond, et les verrues plantaires.

Sabine s'est contentée de lever les yeux au ciel.

— Aurélien, est-ce que tu fais de l'équitation ?

— Non...

— Bon, tant pis ! a-t-elle repris en changeant de fiche. Essayons autre chose ! Tu aimes lire ?

— Ben... pas trop...

— Ah, si ! me suis-je écriée. Écoute-moi bien, Aurélien Barucci, parce qu'il y a du nouveau dans ta vie ! À partir de cette minute... tu adores lire ! Tu m'as comprise ? Tu n'aimes que ça ! Lire, lire et lire, c'est ta passion ! Ta folie !

— Ah bon ?

— Oui, a dit Sabine un peu plus doucement. Élisabeth aime le sport et la lecture. Vu que tu as l'air mal parti pour les Jeux olympiques, il faudra au moins que tu fasses semblant d'aimer lire ! Mais attention... Où j'ai noté ça ? Oui ! C'est là... Élisabeth n'aime QUE la science-fiction !

— Ah ?

— Tu vas aller dès aujourd'hui au CDI, lui ai-je expliqué. Et tu vas emprunter plein de romans du genre !

— Vous connaissez des titres ?

— N'importe lesquels ! ai-je répondu. Tu regardes les couvertures et tu chopes tout ce que tu trouves avec une soucoupe, des aliens, des monstres gluants venus de l'espace, le titre, on s'en fiche. La seule chose qui compte, c'est qu'Élisabeth te voie avec, qu'elle croie que vous partagez la même passion ! Alors tu t'arranges pour que ça dépasse de tes poches, de ton sac, tu en gardes toujours un à la main ! Tu as compris ?

— Oui...

Il a répété deux fois oui, assez joyeusement, il avait presque l'air vivace.

— Bien ! a dit Sabine en claquant dans ses mains. Et si maintenant on s'occupait un peu de ton look ?

Là, quand même, j'ai refusé.

— Ah non ! On en reparlera ce week-end ! Aurélien, tu vas nous donner ton numéro de téléphone et, dès que possible, on t'appelle !

Sabine fonçait, tête baissée, comme d'habitude mais, moi, plus je le regardais, plus j'en étais sûre... pour relooker Aurélien Barucci, j'allais devoir réfléchir, vraiment réfléchir.

# 4

# Charlie de Charlie Coiffure

— Oh là là ! Ça ne va pas être du gâteau !

Allongées (maman dit « vautrées ») sur la moquette de ma chambre, ce samedi matin-là, Sabine et moi, on feuilletait des magazines de mode, de cinéma, le catalogue de La Redoute, et même le programme télé. En gros, on feuilletait tout ce qu'on avait trouvé chez moi qui pouvait contenir des photos, des idées intéressantes. Pour bien se souvenir du visage d'Aurélien Barucci, on avait scotché sur ma lampe de chevet la photo d'identité pas très avantageuse qu'il avait fini par accepter de décoller de son carnet de correspondance.

Ce n'était pas évident, à l'époque, nous n'avions pas encore réuni une documentation sérieuse. Nous n'avions pas encore nos fiches avec toutes les coupes de cheveux possibles, classées par genre, avec des renvois aux dossiers vêtements correspondants. C'était notre premier cas, il faut bien le reconnaître, on avançait dans le brouillard !

— Qu'est-ce que tu penses de ça ? m'a demandé Sabine en me tendant un article sur un footballeur qui se lançait dans la chanson. Bien dégagé sur les oreilles, la coupe pétard, quoi ? Et là ? Avec un bandeau pour le sport, noir, en lui décolorant un peu les cheveux à l'eau oxygénée ? D'un seul coup, il ferait jeune ET sportif, ça le changerait !

Oui, ça le changerait. Le problème, c'est que même sa mère risquait de ne pas le reconnaître.

— Il faut quand même y aller doucement... Le bandeau, c'est une bonne idée, disons OK pour la coupe pétard, mais attendons un peu pour le décolorer.

— Regarde comme cette fille me ressemble !

Sabine brandissait la photo d'un top model. Je l'ai bien observée. Elle était rousse, ça d'accord, mais elle avait au moins quarante centimètres de plus que Sabine et l'air de quelqu'un qui se nourrit depuis des années de jus de pamplemousse (sans sucre).

— Mouais... vaguement...

— Vaguement ! s'est écriée Sabine. Mais regarde ! Le nez ! Les yeux ! Tout !

Elle s'est plantée devant mon grand miroir et elle a pris la pose en gardant un œil sur la photo.

— Je sais ! C'est la raie au milieu qui cloche !

Le magazine entre les dents, Sabine a rectifié sa coiffure.

— Et comme fa ? F'est mieux ?

— Ah oui ! Comme fa... il y a un air de famille...

Ma copine s'est amusée un moment devant le miroir, elle a relevé, lissé, attaché ses cheveux jusqu'à ce qu'elle soupire d'aise.

— Aaaaah ! Ça me va superbien, non ? Bon, comment on s'organise ? On lui coupe les cheveux nous-mêmes à Aurélien Barucci ?

Je gardais un assez mauvais souvenir d'un jour de juillet où j'avais tenté d'égaliser les cheveux de mon frère Mathieu. Il m'avait fait la tête pendant une semaine et ça m'avait coûté une casquette Nike (19 euros) pour cacher tout ça.

— Non, non ! me suis-je empressée de répondre. On l'emmène chez le coiffeur !

J'ai consulté l'annuaire et j'ai pris rendez-vous pour Aurélien à quatorze heures.

*Charlie Coiffure, hommes, femmes, enfants*
*Ouvert du mardi au samedi, nocturne le jeudi*
*8 r Gén-Leclerc............ 01 43 77 69 82*

Je le connaissais, le salon Charlie Coiffure. Je passais devant en allant au collège. Il était un peu vieillot, il sentait fort la laque jusque sur le trottoir, mais il avait une énorme qualité. Vu qu'il n'y avait pas le moindre magasin potable autour, un vrai secteur sinistré, j'étais sûre de ne pas y croiser ma mère.

J'ai appelé Aurélien Barucci pour le prévenir.
— À quatorze heures ? m'a-t-il répondu. Tu es sûre ?
— Oui ! Quatorze, un 1 avec un 4 derrière !
— Ah booon... mais... je ne sais paaas... J'hésiiite...
— Écoute ! Nous, on se décarcasse pour toi depuis hier ! Alors, maintenant, il faut que tu te décides. C'est ta tête, ton look, ton avenir... d'accord ! Alors, soit tu suis notre plan sans discuter chaque fois qu'on te propose quelque chose, soit tu te débrouilles tout seul ! Et là, mon vieux, ce n'est pas pour te déprimer, mais ce n'est pas demain qu'Élisabeth Morin fera placarder partout des affiches géantes : Aurélien, je t'aime !
Je l'ai entendu rougir au téléphone.
— Élisabeeeeeth...

Quatorze heures, ça nous donnait le temps de picorer une salade en lisant les articles, mis de côté le matin, quand on cherchait un look à Aurélien. Sabine et moi, on a beau être amies, on ne s'intéresse pas aux mêmes choses, pas du tout.
— Tu le savais, toi, que Johnny Depp allait en vacances à Saint-Tropez ? m'a demandé Sabine, plongée dans le programme télé.
— Non ! Passe-moi la carafe d'eau, s'il te plaît ? Tu sais, moi, la vie des acteurs... ça ne me passionne pas !
— Je ne te parle pas « des acteurs » ! Je te parle de Johnny Depp, nuance ! Saint-Tropez... Il faudra

que j'en parle à ma mère, ça nous changerait un peu de la Vendée... Il reste du jus d'orange ?

On était bien. On a échangé des souvenirs de vacances. On s'est dit qu'un jour, ça serait chouette de partir ensemble.

— Tu nous imagines, me suis-je soudain exclamée, dans trois ou quatre ans, seules ! Sans nos parents ! Sur la plage, au soleil...

Sabine souriait en m'écoutant.

— Oh, oui ! Rien que nous... à Saint-Tropez !


— Installez-vous, jeune homme !

À quatorze heures cinq, Aurélien Barucci a obéi au coiffeur sans discuter. Il avait l'air impressionné. Quand il s'est retrouvé sous sa blouse comme une pyramide de nylon noir, il avait l'air terrorisé.

— Détendez-vous, jeune homme ! a rigolé Charlie en faisant claquer ses ciseaux. Je blesse rarement les clients, très rarement !

Comme je l'ai déjà dit, le salon était vieillot avec ses murs beiges et ses fauteuils en skaï rouge. Charlie de Charlie Coiffure n'était pas très moderne non plus mais ses prix, oui ! Je ne m'en suis pas rendu compte tout de suite, j'étais trop occupée à expliquer au coiffeur ce que je voulais précisément. Je lui avais amené la photo du footballeur-chanteur pour qu'il ne me rate pas Aurélien. Il lui lavait déjà les cheveux quand j'ai vu la pancarte annonçant les tarifs.

— Quinze euros la coupe-brushing ! J'espère qu'à ce prix-là, il va être sublime !

— Excusez-moi mais l'eau est un peu chaude..., s'est plaint Aurélien.

— Quinze euros ! Misère ! a répété Sabine. Bon, ben, monsieur Charlie, on va dire que vous faites la coupe et qu'on s'occupera du brushing ! Sept euros, ça va ?

— Non, a répondu Charlie.

— Hé ! Ho ! Ça brûle, là !

— Je vous mets une crème de soins, jeune homme ? Ils sont un peu secs.

— Si ce n'est pas compris dans le prix, ce n'est même pas la peine d'y penser ! a grincé Sabine.

Bref, c'était cher mais le résultat n'était pas si mauvais. Il faut dire qu'on l'avait surveillé, le Charlie Coiffure. On était quasiment scotchées à sa blouse.

Je lui ai redonné ses ciseaux qu'il avait posés un peu vite.

— Là, c'est plus long que sur l'autre oreille, non ?

— Ouais, Juliette a raison ! Et il faudrait mettre plus de gel, a renchéri Sabine en lui tendant le tube, je ne sais pas, moi... donner du volume ! Elle est un peu ramollo, votre coupe, monsieur Charlie !

On en a profité pour se recoiffer. C'est un équipement comme ça qu'il m'aurait fallu chez moi. Miroir géant, éclairage puissant. Enfin ! Ce n'était pas la peine de rêver, mon père ne voudrait jamais en entendre parler.

— Ça me rend dingue le temps que tu passes dans la salle de bains ! criait-il déjà un jour sur deux en alternance avec :

— Les fringues ! Les fringues ! Tu n'as que ça dans la tête ?

J'imaginais très bien ce que mon père aurait dit aussi de la coupe pétard d'Aurélien Barucci, mais, Sabine et moi, on était contentes. Aurélien n'a pas fait de commentaires, il préférait attendre un peu avant de se regarder. Celui qui m'a énervée, c'est Charlie. Maintenant, on est très amies avec lui, forcément avec tous les clients qu'on lui amène, mais, ce jour-là, il ne nous a même pas raccompagnés à la porte, il a seulement dit en empochant son argent :

— Je vous avais prévenues, les filles, je suis coiffeur, pas magicien !

Pour le bandeau noir, on s'est rendus jusque chez « Sport 2000 », c'était loin mais il y avait des promotions.

— Wahou ! Juliette, vise les petits chaussons de danse ! s'est écriée Sabine. Les orange ! Trop mignons !

— Je croyais que tu « nageotais » ? Tu dansotes maintenant ?

— Je dansote, je nageote et j'hésite à essayer l'escrime, si tu veux le savoir ! m'a répondu joyeusement Sabine. J'adore l'habit blanc, le masque en métal, l'épée, tout ça ! Tiens ! Regardez, là-bas, il y a des bandeaux...

Elle a hésité un moment en fouillant dans les panières. Avec une bande blanche, sans bande blanche, avec la marque dessus... Finalement, elle s'est décidée pour un modèle tout simple en coton. Elle l'a mis bien en place sur la tête d'Aurélien, en faisant gonfler ses cheveux par-dessus.

— Attention... à trois, tu peux te regarder dans la glace ! Un, deux... trois !

Il a seulement écarquillé les yeux et ouvert bêtement la bouche.

— Ça ne te plaît pas ? s'est inquiétée Sabine. Évidemment.. là... avec tes vêtements, on dirait qu'on a seulement échangé ta tête, il faut voir l'ensemble...

Elle s'est lancée dans une grande explication, je n'ai pas écouté. Je venais d'avoir l'idée de la raquette.

— Il te reste des sous, Aurélien ?
— Un peu...

Le vendeur lui a fait un grand sourire.

— Vous avez besoin d'autre chose ?
— C'est quoi la moins chère des moins chères de vos raquettes de tennis ? lui ai-je demandé en le regardant bien dans les yeux.

Autant qu'il comprenne tout de suite que ce n'était pas la peine de s'adresser à Aurélien.

— Voici notre premier prix... mais c'est vraiment pour débutant, très débutant... C'est une question de solidité...

— Ne vous inquiétez pas, on n'a pas l'intention de jouer avec !

— Ah ?

Aurélien aussi était surpris. J'ai dû lui expliquer qu'il lui suffirait de l'apporter au collège disons... deux fois par semaine. Il y a eu un petit éclair dans ses yeux :

— Pour qu'Élisabeth la voie ! s'est-il écrié. Comme les livres de science-fiction ! Ouh làààà ! C'est que je vais être chargé, moi...

L'air réveillé, d'un seul coup, avec sa nouvelle coupe, il n'était pas si moche. Sabine m'a fait un clin d'œil, pas de doute, on progressait !

# 5

## C'est un nouveau ?

Le doute m'a reprise en fin de journée quand on est arrivés chez lui.

— Mes parents seront de retour vers six heures, ça ira ? s'est inquiété Aurélien.

— On va faire vite ! l'ai-je rassuré. Où est ta chambre ?

On l'a suivi à travers l'appartement silencieux, il marchait à tout petits pas comme si on préparait un mauvais coup.

— C'est là.

— Misère ! a crié Sabine quand il a ouvert la porte.

— Aurélien ! ai-je protesté. Tu imagines la tête d'Élisabeth Morin si elle entre dans ta chambre ?

— Élisabeth ! Elle... elle va venir ici ?
— Oh, dis-lui, toi, Sabine, moi, je craque !
Avec beaucoup de patience, Sabine a expliqué :
— Aurélien, regarde-moi !
Il s'est assis au bord de son lit, l'air concentré, juste à côté d'un Marsupilami géant.
— Aurélien... On est d'accord que le but de tout ça (il a touché ses cheveux) c'est de rencontrer Élisabeth, de lui plaire, de devenir en quelque sorte son ami ?
— Ouiiii...
— Bien ! Donc quand vous vous connaîtrez mieux, peut-être qu'un jour tu l'inviteras chez toi ?
— Tu crois ?
Devant son air attendri, j'ai explosé :
— Oui ! Elle viendra chez toi, Élisabeth ! Et quand elle tombera sur le poster de *La Petite Sirène*, le papier peint *Tintin et Milou* et ta collection de cailloux, c'est direct qu'elle va faire demi-tour, Élisabeth !
Aurélien Barucci a regardé tristement la porte. Il fallait que je me calme, j'ai pris une grande inspiration.
— Bon, on s'occupera de ça plus tard ! Si tu nous montrais un peu ton armoire ?

On a fait un tri sanglant. À quatre pattes sur le tapis, ça n'a pas traîné. La petite pile de droite, les vêtements conseillés ; la pile de gauche, ceux qu'il pouvait porter (limite, limite) quand les autres sont au sale ; le tas monstrueux derrière nous, tout ce qu'on ne voulait plus jamais, absolument jamais, voir !

Aurélien poussait de temps en temps un petit cri, il a même essayé de reprendre un pull dans le tas interdit.

— Pas touche ! me suis-je exclamée en lui retenant la main. T'es fou ? Tu veux tout faire rater pour un pull ?

— Mais je l'aime bien, moi ! C'est ma tante qui me l'a tricoté...

— Non !

— Les jours où je n'ai pas cours ?

— NON !

— Mais personne ne me verra...

— NON !

Finalement, Sabine lui a cédé. Une horreur pareille !

Quand on a quitté son appartement, Aurélien le serrait encore contre lui.

— Salut... et... et merciii... c'est sympaaa...

— Salut !

— Salut, et n'oublie pas, hein ? a ajouté ma copine. Le pull *Winnie l'Ourson*, c'est le dimanche soir, et seulement chez toi !

Notre week-end avait été épuisant mais, le lundi matin, à la récré de dix heures, j'ai vu immédiatement que tout ce travail en valait la peine. Bien sûr, il y a toujours quelques imbéciles comme Lionel Peltie, Jérôme Cosserat et Khaled Mokadem qui se tordent de rire pour un oui ou pour un non mais, dans l'ensemble, Aurélien Barucci a fait une sacrée impression.

— Wahou ! s'est enthousiasmée Sabine.

Parmi les autres quatrièmes qui étaient près de notre banc, j'ai entendu :

— Hé... c'est un nouveau ? Regardez le type là ! J'y crois pas... c'est Barucci !

— Ça va pas, non !

— Il a dû tomber sur la tête...

— Mais où il va avec tout ce bazar ?

Deux livres sous le bras, un autre dépassant d'un sac à dos flambant neuf (son cartable à roulettes était passé direct dans le tas interdit), Aurélien portait la raquette de tennis d'une main et, de l'autre, un énorme sac de sport.

— Je ne sais pas si on devrait lui laisser la raquette, a soupiré Sabine. Il n'a vraiment pas l'air de sortir de Roland Garros.

— Si, si... Élisabeth fait du tennis, Aurélien a une raquette, y'a pas à discuter !

— Mais regarde-le ! a insisté Sabine. Et puis, Élisabeth fait aussi de l'équitation, on ne va quand même pas le faire venir à cheval !

Sans le savoir encore, on a eu ce jour-là notre première dispute, notre première dispute professionnelle, j'entends !

Aurélien a attendu sagement devant notre banc qu'on arrête de crier. Quand on a été un peu calmées, il nous a demandé :

— Ce n'est pas à cause de moi au moins ?

— Non !

— Ah bon ! Parce que, moi, je suis content ! Vraiment content ! Vous avez vu ? Je n'ai rien oublié !

— On allait t'en parler justement..., a ronchonné Sabine en évitant de me regarder.

— Ah ! Et qu'est-ce que vous pensez de ma veste de kimono ? Elle est à mon frère !

— On y vient... On y vient...

— Je n'ai pas vu Élisabeth, a repris Aurélien. Vous savez où elle est ?

Ça le rendait bavard, les cheveux courts. Je l'ai fait asseoir et je lui ai dit :

— Aurélien ! J'ai deux nouvelles à t'annoncer ! Une bonne et une mauvaise. Je commence par laquelle ?

— La... la bonne...

— Tu as fait sensation, mon vieux ! Quand tu es entré dans la cour, tout le monde n'a plus regardé que toi !

— C'est vrai ?

Oui, c'était vrai. Et c'était mon travail de lui donner de l'assurance ! De lui montrer que ce n'est pas parce qu'on est moche qu'il faut, en plus, donner aux autres l'impression que ça nous dérange. Voilà une bonne phrase à ajouter à notre feuille de tarif : « Ce n'est pas parce qu'on est moche qu'il faut donner aux autres l'impression que ça nous dérange ! » De la confiance en soi, ça s'appelle. À la limite, si un vraiment laid arrive avec l'air de dominer le monde, on ne va pas lui rire au nez, on va plutôt se demander : « Mais qu'est-ce qu'il cache de vraiment super pour assurer autant avec la tête qu'il a ? »

C'était encore un peu difficile comme notion pour Aurélien Barucci, alors j'ai seulement répété :

— Tu as fait sensation !

Il a pris dix centimètres d'un coup, de l'air pur plein les poumons.

— Cooool ! Mais... la... la mauvaise nouvelle ?

J'ai fait signe à Sabine qu'on décampait, j'ai récupéré mon sac sous la raquette et j'ai dit d'un ton léger en m'éloignant :

— Bah... Pas si mauvaise. Élisabeth est clouée au lit avec une sinusite. Allez ! Ça nous donne jusqu'à lundi pour fignoler les détails !

— Élisabeeeth..., a soupiré le pauvre Aurélien. Élisabeeeth...

Le midi était le moment idéal pour entraîner Aurélien, on avait le CDI presque pour nous seuls.

— Tu le fais tomber, dou-ce-ment... Recommence !

Aurélien a repris son livre, un gros volume de science-fiction, et il est retourné derrière l'étagère des dictionnaires.

— Go ! a lancé Sabine, son coach.

Moi, je jouais le rôle d'Élisabeth Morin, assise à ma table, l'air très concentrée sur mon travail.

Aurélien s'est approché.

— Oh ! Pardon !

Et blam ! il a laissé tomber son livre sur mes cahiers. J'ai juste eu le temps de lire le titre, *2240, la guerre des mutants*, et j'ai imité Élisabeth du mieux que j'ai pu. J'ai regardé Aurélien dans les yeux, j'ai passé une mèche lentement derrière mon oreille (même si j'ai trois tifs qui me désespèrent et qu'Élisabeth a de beaux cheveux) et j'ai dit :

— Oh ! *La guerre des mutants*... Tu aimes la science-fiction ?

— ...

— Mais réponds-lui quelque chose ! l'a pressé Sabine.

J'ai passé une autre mèche de cheveux derrière mon autre oreille et j'ai répété :

— Ooooooh ! *La guerre des mutants*... Tu aimes la science-fiction ?

— Bof ! Oui... oui... un peu...

Le coach a poussé un cri de désespoir et Mme Riboule, la documentaliste, nous a prévenus qu'au prochain hurlement elle nous envoyait en permanence.

On a recommencé et recommencé jusqu'à ce qu'Aurélien Barucci me réponde :

— J'adooore ! Je ne lis que ça !

— Yaaah ! a crié Sabine.

Le CDI fermait, Mme Riboule éteignait les lumières.

En quittant le collège, j'ai prévenu mon amie. Aurélien faisait des progrès, lents mais des progrès quand même, je ne disais pas le contraire. Le problème, c'est que je n'avais plus le temps de rien. Pour m'occuper de lui, j'avais même refusé l'offre de ma mère d'aller un soir faire du shopping. Ça m'avait valu une avalanche de questions pénibles :

« Tu es malade ? Tu ne te trouves pas trop grosse, au moins ? Tu as un amoureux ? Tu sais, c'est de ton âge ! »

— Je ne peux pas poursuivre comme ça ! ai-je insisté. Pas tous les jours ! Continue si tu veux, moi, je fais un break !

Ma copine a moyennement apprécié mais elle a compris.

C'était tellement agréable, ce soir-là, de m'occuper de moi comme avant, de ne plus penser à Aurélien Barucci, à son Marsupilami, son pull *Winnie l'Ourson* et sa raquette en promotion. J'ai rigolé avec mon frère. J'ai papoté tranquillement avec ma mère, j'ai même réussi à la convaincre d'aller dans les boutiques le lendemain. Après le dîner, j'ai pris un bain relaxant-spécial détente au lierre, je me suis fait un masque au concombre et j'ai eu le temps de finir le collier en perles indiennes (noires et mauves) que j'avais commencé des semaines auparavant. J'étais calme, j'étais de bonne humeur !

Tout ça pour dire que le premier client (gratuit mais bon, client quand même) de *Sabine et Juliette, Juliette et Sabine, Conseils*, celui qui allait donner un départ fulgurant à notre entreprise, nous faire une publicité d'enfer, c'est mon associée qui a fini, seule, de le métamorphoser.

Maintenant quand j'aperçois Aurélien Barucci, j'ai toujours un pincement au cœur. Ça fait belle lurette qu'il ne regarde plus Élisabeth Morin, mais je m'en fiche qu'il soit devenu frimeur, je m'en fiche qu'il fasse semblant de ne pas nous voir. Et je m'en fiche aussi qu'il n'arrête pas de se vanter de ses matchs de tennis. Il a la mémoire courte ! Si ses parents ne l'avaient pas obligé à s'inscrire au club de la mairie pour amortir l'achat de la raquette que J'AI choisie, il ne serait sûrement pas classé.

Non, si j'ai un pincement au cœur, c'est que je n'oublierai jamais quand il nous a dit, à Sabine et à moi, juste après son relooking :

— C'est super, les filles, ce que vous avez fait pour moi ! Combien je vous dois ?

J'ai vu les dollars me passer devant les yeux à toute vitesse comme dans les dessins animés. On était douées, c'est sûr, mais, il faut bien le reconnaître, c'est grâce au « Combien je vous dois ? » d'Aurélien Barucci qu'on a eu l'idée de devenir une vraie entreprise !

# 6

# Le cas Charles Rey

— Ça va pas, non ? Pourquoi je travaillerais pour vous ? Y'a pas marqué esclave, là !

Très vite, dès le mois de novembre, il a fallu engager du personnel. Mon frère n'a pas cédé facilement.

On n'avait plus le choix. Après la métamorphose d'Aurélien Barucci, les clients se sont rapidement bousculés devant notre banc. Sabine et moi, on ne s'en sortait plus. On ne pouvait plus les recevoir, préparer leurs plans d'attaque, les accompagner chez Charlie Coiffure, trier leurs vêtements, effectuer quelques achats et continuer à se tenir au courant des dernières tendances, découper les photos, classer les fiches, répondre au téléphone. J'aurais préféré une vraie secrétaire, mais bon, Mathieu était sur place, le CM2 lui laissait pas mal de temps libre et c'était quand même moins cher.

— Qu'est-ce que j'y gagne ? a tout de suite demandé Mathieu.

— C'est moche de ne penser qu'à l'argent à son âge ! a fait remarquer Sabine.

J'étais bien d'accord, c'était moche, mais, à la fin de trois jours de négociations pénibles, il a obtenu quinze pour cent de nos gains. Son altesse réclamait en plus des tickets-restaurant, heureusement, on ne savait pas où ça s'achète.

Bref, son contrat était rédigé comme ça : Mathieu était directeur du personnel, il avait donc quinze pour cent, une place de cinéma par mois et un goûter au choix à la boulangerie de la rue Malraux, le mardi soir. Je voyais bien à son air réjoui que je n'avais pas négocié au mieux, mais j'étais coincée par le temps.

— À ce prix-là, il va falloir qu'on te rentabilise ! a ronchonné Sabine en apposant sa signature. T'as pas intérêt à te tourner les pouces dès qu'on a le dos tourné !

— Quand je veux, je me mets en grève, alors reste polie ! a rétorqué Mathieu.

Il a souligné trois fois sa signature, il a soigneusement plié son contrat, il l'a rangé dans une enveloppe et il est allé le cacher dans sa chambre, probablement sous son lit, là où il planque ses Lego de quand il était petit.

Enfin ! Ça nous a quand même allégé le travail. Peu à peu, Mathieu a pris en charge notre système de fiches, les dossiers renseignements-clients et la comptabilité. En gros, il s'occupait de tout ce qui pouvait se faire à la maison. Je reconnais que, Sabine et moi, on lui demandait assez souvent son avis sur les relooking mais on ne pouvait pas le présenter à nos clients. Après tout, ce n'était qu'un CM2, et encore... plutôt petit pour son âge !

À la fin de ce même mois de novembre, nous avons eu à régler un cas très difficile : Charles Rey, un troisième E qui ne supportait plus que ses parents le prennent pour un génie depuis qu'ils avaient vu une émission sur les surdoués à la télévision.

Notre plan était précis. Depuis plusieurs semaines, on interdisait à Charles d'avoir une note supérieure à cinq sur vingt, et il y a quand même des matières où c'est moins facile qu'on ne l'imagine.

Un midi, au self, on a convoqué Charles pour faire le point.

— Alors ? Où tu en es ? lui a demandé Sabine.

— J'ai fait tout comme vous m'avez dit, s'est-il lamenté en piquant quand même une frite dans mon plateau. Je leur ai dit que, si j'étais surdoué, ça se saurait ! Que mes notes étaient trop catastrophiques ! Mais mes parents insistent. Pour eux, les mauvaises notes, même les miennes, ce n'est pas une preuve. Ils disent que le psychologue de la télévision l'a très bien expliqué.

Charles a fait une pause, il a pris un air important et s'est mis à parler d'une voix aiguë. Je pense qu'il imitait ses parents imitant le psychologue.

— Les surdoués, a commencé Charles, les surdoués ont souvent des problèmes scolaires ! Ils commencent par s'ennuyer en classe, ce qu'on leur propose ne les stimule pas, ne répond pas à leur attente, et peu à peu ils rencontrent de vraies difficultés...

Ça a beaucoup plu à Sabine.

— C'est ça ! s'est-elle écriée. Les maths ne répondent pas à mon attente ! Mais alors pas du tout ! C'est dingue, moi qui croyais que j'étais nulle !

Charles a retrouvé son air inquiet.

— Rigolez pas, les filles, c'est atroce ! Ils vont continuer à dire partout que je suis un génie, que je vais devenir ministre ou prof de maths ! J'en ai marre ! Je ne supporte plus la pression !

Charles avait fait son maximum, il n'avait rien à regretter.

— Tu as fait ce que tu as pu ! Maintenant on passe au plan de secours, phase 1 ! ai-je décidé en éloignant mon plateau.

Charles m'a regardée avec admiration, j'aime bien.

— Voilà ce que tu vas faire... Tu vas expliquer à tes parents que nous aussi au collège, on a un psychologue, un vrai qui t'a fait passer un test de QI. Pour les mettre en confiance n'oublie pas de dire qu'il pense aussi que tu pourrais être surdoué. Et préviens-les qu'ils recevront bientôt tes résultats par courrier. OK ? Tu veux que je répète ?

— Non, non, ça va. Qu'est-ce que tu comptes faire exactement ?

— Fais-moi confiance ! Dans moins d'une semaine, ils te prendront pour un imbécile fini !

— J'espère..., a soupiré Charles. J'espère, parce que c'est vraiment dur !

Charles est reparti, un peu rassuré, faire la queue avec ses copains devant le céleri rémoulade. Je me donnais quelques jours de battement car j'allais devoir utiliser l'ordinateur de mes parents. Et ce n'est jamais simple.

L'ordinateur est notre grand sujet de dispute à la maison. Pourtant, j'étais contente quand mes parents se sont enfin décidés à en acheter un ! Le jour où ils sont partis le chercher, j'étais dans un état inimaginable, je tremblais tellement j'étais excitée. Sans exagérer, ça m'a rappelé la naissance de mon petit frère. Ma grand-mère me gardait chez nous. J'attendais qu'ils reviennent de la maternité. C'était long, c'était long ! J'ai entendu des chuchotements sur le palier et la clef tourner dans la serrure, j'ai vu la porte s'entrouvrir. Mon père le portait dans ses bras, ça m'a fait un choc, il était magnifique ! Un écran vingt-deux pouces ! Un clavier supermoderne ! Il y avait même un scanner, le top du top !

Mathieu et moi avions mis un temps fou à nous mettre d'accord. Bien sûr, il le voulait dans sa chambre et moi dans la mienne. Je lui ai fait remarquer qu'il avait déjà tous les Tintin.

— Ne te gêne pas ! Prends-les ! a rétorqué mon frère. Et pendant que tu y es, n'oublie pas les Babar !

Finalement, même si ce n'était pas le plus pratique pour les branchements, on avait opté pour une semaine en alternance, du mercredi au mercredi. Il nous restait juste à choisir qui commencerait.

— On tire au sort ? ai-je proposé.

— Sûrement pas, a rétorqué mon frère. C'est toujours toi qui gagnes. Il n'y a qu'à demander à papa. Après tout, c'est quand même le sien !

C'est à peu près ce que nous a répondu mon père qui l'avait déjà installé dans le petit bureau. On a été très déçus. Surtout quand papa a ajouté :

— Je suis bien clair ? Il n'est pas question de l'utiliser sans notre permission !

Depuis on en parle souvent avec mon frère et mes parents. Je leur ai dit et redit que l'informatique, c'est devenu superimportant pour nos études, pas comme à leur époque, que je ne peux pas attendre comme ça pendant des heures que l'ordinateur soit libre. J'ai même proposé un système de minuterie mais ils ont refusé. Faudra pas qu'ils viennent pleurer si je rate mes études !


— Faudra pas venir pleurer si je rate mes études !

— Vous ne pouvez pas rendre vos devoirs sur des copies comme tout le monde ! s'est énervé mon père, ce soir-là.

— Ce n'est pas ma faute ! La prof d'anglais a dit trois points de plus si c'est bien présenté, traitement de texte et tout !

Mes parents étaient outrés :

— Et comment font les jeunes qui n'ont pas d'ordinateur ? C'est honteux ! Je le dirai à la prochaine réunion de parents d'élèves, tu peux me croire ! a renchéri maman.

— Ils vont au CDI.

— Eh bien, vas-y !

— Et ça serait pas honteux, ça, d'aller prendre leur place alors que j'en ai un ici ?

Ils ont fini par me laisser le bureau mais ça devenait vraiment lourd d'être obligée de supplier pour pouvoir travailler. J'ai ouvert un nouveau fichier *London is a big town.doc*, au cas où mes parents entreraient à l'improviste, et j'ai attaqué la phase 2 du plan de secours de Charles Rey.

C'était clair dans ma tête, ça ne m'a même pas pris un quart d'heure à rédiger, enregistrer, imprimer. J'ai préparé l'enveloppe et j'ai envoyé mon frère la poster. Je suis rentrée en courant dans sa chambre.

— Mathieu ! Tu fonces à la poste !

Il a caché à toute vitesse un vaisseau spatial intergalactique en petites briques noires et brillantes sous son lit et il m'a souri bêtement.

— Ouiiii ?

J'ai fait semblant de ne rien voir, je lui ai mis l'enveloppe et l'argent du timbre dans la main.

— Et grouille-toi... ça ferme dans cinq minutes !

Il fallait bien qu'il justifie un peu son salaire. Un rouleau de réglisse, un flan aux abricots et deux cents grammes de chouquettes ! Monsieur ne se refusait plus rien à la boulangerie de la rue Malraux depuis qu'il goûtait à nos frais.

Le lendemain quand Charles nous a interceptées à l'entrée du collège, j'ai compris à sa mine réjouie que mon frère n'avait pas raté la levée du courrier.

Il brandissait la lettre. Il parlait un peu fort.

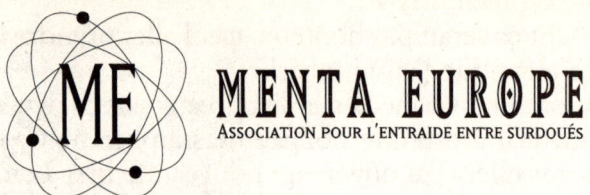

# MENTA EUROPE
## Association pour l'entraide entre surdoués

À Monsieur et Madame Rey,

Madame, Monsieur,

À la demande de Monsieur Marraud, psychologue du collège François-Villon, nous avons procédé à l'analyse des tests de quotient intellectuel de votre fils Charles. Nous sommes au regret de vous annoncer qu'ils ne nous permettent pas de déclarer votre enfant comme surdoué. Pas du tout.

Nous pensons qu'il faut vous préparer à le soutenir dans la poursuite de ses études. Pour être directs, nous sommes sidérés que le petit Charles ait atteint la troisième avec un tel quotient intellectuel. Ce doit être un enfant courageux, travailleur et acharné !

En vous souhaitant bonne chance,

**Pascal Trébuchon**
**Directeur de Menta Europe**

— Géniaaaal ! J'ai la paix pendant les cinquante prochaines années ! Et les enfants de mes enfants aussi ! Ma mère était atterrée ! Quelle lettre ! C'est toi qui l'as écrite, Sabine ?

— Non, c'est Juliette, a répondu modestement mon associée. Fais voir.

— Oh ! Juliette ! Travailleur et acharné ! Il faut que je t'embrasse !

Comme quoi, les profs n'ont pas tort, de nos jours sans l'informatique, on n'est pas grand-chose...

# 7

## Les groupies !

Les cas se sont enchaînés. Léa Zeitoun, 5ᵉ E, qui était tombée amoureuse d'un troisième ; Marc Briancio, 4ᵉ B, qui menaçait de s'arranger pour devenir fils unique si on n'intervenait pas pour empêcher ses deux sœurs de s'occuper de ses petites affaires ; Maxime Loyal, 4ᵉ A, qui avait besoin d'un plan infaillible pour éviter un voyage linguistique mortel en Angleterre, et bien sûr... la longue liste des relookings. Dix, quinze, je ne sais plus, il faudrait que je vérifie dans la comptabilité pour éviter de dire des bêtises. Même Jérôme Cosserat était venu nous consulter en douce. Il rasait les murs et finissait tous les rendez-vous par le même message menaçant :

— Je ne vous souhaite pas que ça se sache, les filles...

Mathieu réclamait de plus en plus souvent un assistant.

— Quelqu'un pour m'aider, je ne m'en sors pas avec cette paperasse !

Il appelait paperasse les élégants dossiers-factures que l'on remettait désormais à chaque client. Oui, on était devenues rapides, efficaces, en un mot, professionnelles.

À la mi-janvier, nous avons eu à résoudre notre premier cas collectif.

Très collectif, ils étaient cinq.

Un chanteur, un bassiste, un guitariste, un batteur et un cinquième qui ne savait pas jouer d'un instrument mais qui était le seul à avoir une pièce chez lui pour les répétitions.

— Voilà... Question musique, ça roule, a dit le bassiste. On joue bien, on chante bien. Question groupe, ça roule. On s'entend bien, on se connaît bien... mais on a un problème d'image. Ce qu'on voudrait, c'est ne pas ressembler à tous les autres groupes. Alors quand on a vu ceux que vous avez relookés, on s'est dit que vous pourriez peut-être faire quelque chose pour nous.

Avec Sabine, on s'est consultées à voix basse. Les relooker, les rendre célèbres, ça devait être dans nos cordes, mais on avait un problème de tarif. Est-ce qu'il fallait leur compter une consultation pour cinq ou cinq consultations ? On a coupé la poire en deux.

— Pour déterminer le look qui vous convient, il faudrait qu'on vous entende jouer de la musique..., ai-je suggéré.

— Pas de problème ! s'est écrié le chanteur. Venez nous écouter chez Damien après le collège !

— Vers dix-sept heures à la librairie de son père ?

— OK !

Je voulais passer prendre Mathieu à la primaire. Il rouspète tout le temps qu'il ne voit jamais les clients et, il faut être honnête, c'était le seul qui s'y connaissait en musique.

Mathieu a été très flatté. Il a marché fièrement à trois pas devant nous, menton relevé, sur le chemin de la librairie.

— Elle est rue Côme, nous avait précisé Damien, vous ne pouvez pas la rater.

Si ! On aurait pu. Elle était minuscule, couverte de rayonnages du sol au plafond, tout l'espace encombré de tables jonchées de livres. C'était assez normal pour une librairie quand on y réfléchit.

Le père de Damien trônait derrière son bureau.

— Je peux vous renseigner ? a-t-il dit. Bienvenue dans mon royaume, les enfants ! Vous êtes des gosses bizarres qui aimez lire ou... vous êtes des extraterrestres habilement camouflés ?

Il a ri très fort.

— On est juste des... amis de Damien. On vient écouter son groupe, a dit Sabine.

— Oh !

Il a arrêté de rire d'un seul coup comme s'il était déçu.

— Ah oui, il m'a prévenu. C'est vous, les groupies. Bon, prenez le couloir à droite, c'est l'escalier tout au fond.

— Les groupies ! Les groupies ! râlait Sabine en commençant à descendre. Ils exagèrent un peu de nous présenter comme ça.

Elle s'est brusquement interrompue, un bruit assourdissant montait du sous-sol.

*Y'a pas de futur*
*Entre ces murs*
*Y'a pas de loi, ils ont lâché les rats*

— Misère..., a chuchoté Sabine en ratant une marche.

Les murs vibraient, l'escalier métallique aussi.

— Oh là là là..., a fait mon frère. On se croirait à l'aéroport de Roissy !

*Y'a pas de futur*
*Entre ces murs*
*Y'a que des problèmes*
*Mais c'est pas moi qu'ça gêne*
*Gêne... gêne... gêne...*

— En bout de piste, a précisé mon frère.

Le Chamalow's band, comme c'était écrit en lettres géantes sur la grosse caisse, le Chamalow's band n'avait pas seulement un problème d'image. Maintenant qu'on était coincés dans le sous-sol de la librairie, il était difficile de refuser de s'occuper d'eux, mais qu'est-ce qu'ils jouaient mal !

*Y'a pas de loi, ils ont lâché les raaaats*
*Rats... rats... rats...*

— Hé ! Ho ! On est làààà ! a hurlé Sabine.

Damien qui ne jouait pas nous a repérés tout de suite mais il a fallu qu'on se plante sous le nez des autres pour qu'ils nous remarquent.

Les instruments ont cessé un à un. Il n'y a que le chanteur qui gardait les yeux fermés qui a continué un peu.

*Rats... rats... rats...*

Il a quand même entendu que les autres ne jouaient plus, il a ouvert les yeux, l'air surpris.

— Ah ? C'est vous ! Coool ! Vous avez de la chance, on tient une de ces pêches, ce soir ! Hein, les gars ?

— Clair ! a lancé le batteur en faisant une petite démonstration pour qu'on comprenne bien comme ils avaient « la pêche ».

J'ai eu peur qu'ils recommencent.

— Ça va ! Ça va ! Ne vous inquiétez pas ! On en a entendu assez pour parler de votre image !

— Vous rigolez ou quoi ? Pour une fois qu'on a un public ! Hein, les gars ?

— Clair ! Si on leur jouait... une chanson de filles, une chanson d'amour ?

— C'est parti ! a crié le bassiste.

Et il a fait un solo, assez long. J'ai eu le temps de

bien voir qu'il n'y avait que quatre cordes sur une basse, et les autres ont recommencé à jouer.

— On leur compte cinq consultations ! a soupiré Sabine. Peut-être même six !

Le chanteur nous a fait un signe digne d'une rock star, genre « Je vous ai repérées dans la foule, les filles ! » et il s'est remis à hurler :

> *Belle comme le jour*
> *Belle comme l'amour*
> *Je t'aime toujours, toujours...*
> *T'es pas Catherine, t'es pas Sylvie,*
> *T'es pas Mireille ou Isabelle,*
> *T'es pas Lucie, t'es pas Ninon...*

Suivait une liste d'une bonne centaine de prénoms.

— Ils n'ont oublié que les vôtres, a ironisé mon frère.

Dès que le vacarme a cessé, Damien, qui devait être finalement un genre d'imprésario, nous a demandé :

— Alors ? Qu'est-ce que vous en pensez ? C'est bien, non ?

— Ah ça ! a ricané mon frère. Mortel ! Plus de dix minutes, y'a pas de survie possible...

— Il se fout de nous, le nain ? s'est énervé le bassiste.

— Je rigooole, a dit Mathieu. C'est d'enfer !

Le bassiste n'avait pas l'air convaincu, les autres non plus.

— On se calme ! suis-je intervenue. On est là pour travailler, non ?

— Oui, a concédé le chanteur, mais faut pas que le petit nous cherche.

— Tatatata, ai-je fait d'un air sérieux. Le petit comme tu dis, même si ça t'énerve, il a eu le mot juste... MORTEL ! Reconnaissez que c'est... disons... assez destructuré comme musique ?

— Oui ! Destructuré, ça me plaît ! s'est exclamé le chanteur.

— Ça... ça ne ressemble à rien de connu ? C'est même à peine si on croit que c'est de la musique, non ?

Je voyais que je touchais juste, ils souriaient.

— Elle est là, votre image ! ai-je hurlé pour qu'ils s'en souviennent bien.

— Oui ! a renchéri Sabine. Rébellion, provocation, destruction !

— Yah ! a dit le guitariste. Destruction ! C'que vous êtes fortes !

— Chut ! Ne parlons pas tous en même temps, je vous explique ! Un groupe rock, ça doit être un tout. Votre musique est mortelle, il n'y a pas à revenir là-dessus, donc, il faut que tout le reste le soit ! Votre look ! Votre dégaine !

Mon frère qu'on n'avait heureusement pas entendu depuis un bon moment s'est cru obligé d'ajouter :

— Et si un jour le chanteur articule, il faudrait que les paroles soient encore plus mortelles !

Le bassiste s'est approché de lui, j'ai pensé qu'il allait lui donner une claque mais il lui a tapé amicalement sur l'épaule :

— Merci, petit ! Et pardon pour « le nain » !

J'ai interrompu leurs embrassades, il ne nous restait pas des heures pour foncer chez Charlie Coiffure.

Pour ne vraiment pas perdre de temps, pendant que Charlie s'occupait de leurs coupes (mortelles), on a cherché un autre nom pour le groupe. Il y en avait déjà deux de coiffés, et, à bien les regarder, « Chamalow's band », ce n'était déjà plus possible.
— Voilà, jeune homme, au suivant ! a lancé Charlie.
Quand j'ai vu le bassiste dans le miroir, j'ai eu l'illumination !
En une fraction de seconde, j'ai trouvé le nouveau nom de leur groupe, un nom qui irait parfaitement avec leur nouveau look !
C'était des clients comme je les aime. Une seule fin d'après-midi, cinq consultations ! Depuis je surveille le Top 50. Je suis sûre qu'un jour, ça marchera pour eux ! Et moi je me dirai, j'y étais, dans le sous-sol et tout. Peut-être même qu'on parlera de nous quand un journaliste écrira les mémoires des Pitbulls Rock.

Notre entreprise marchait comme sur des roulettes ! Les clients étaient tellement nombreux qu'on pouvait les choisir. Forcément, on ne retenait pas les plus difficiles. Au retour des vacances de février, j'envisageais même, après presque cinq mois d'exercice, d'augmenter sensiblement nos tarifs. On avait oublié une toute petite chose. Le succès, ça attire toujours les vautours, la racaille en tout genre, bref, ça attire la concurrence.

# 8

# Quel culot !

La concurrence n'a pas cherché bien loin pour se trouver un local. Elle s'est installée dans la cour du collège, sous nos tilleuls, sur le banc de droite.

C'est Sabine qui les a aperçus la première.

— Aaaaaaah ! Le culot ! Vise un peu leur pancarte !

C'était nul, moche, mal écrit à la craie sur un vieux tableau cabossé, mais... ils cassaient les prix !

Sabine se faisait du souci. Elle se passait et se repassait la main dans ses cheveux bouclés. Je n'aime pas la voir comme ça, j'ai essayé de lui remonter le moral.

— Allez ! ai-je dit en lui secouant l'épaule. Tu fais comme moi ! Tu les ignores !

Très dignement, je suis allée m'asseoir, ma copine m'a suivie, encore un peu hésitante.

J'ai préparé comme si de rien n'était notre pancarte à nous, notre pancarte très professionnelle, et j'ai ouvert notre agenda noir :

*Jeudi 26 avril :*
*Lucie Martins. Première consultation,*
*12 heures au CDI.*

Nous, on évitait soigneusement d'avoir l'air de regarder Gilles et Luc.

Eux, en revanche, ils nous toisaient. Je détestais leur sourire hypocrite et commercial, leur façon ridicule de faire les yeux de biche aux filles. Le même col de chemise dressé, le même cheveu gluant de gel « effet mouillé », on aurait dit deux clones. Je suis restée parfaitement indifférente quand un client qu'on avait refusé quelques semaines auparavant s'est approché d'eux en nous adressant un petit signe ironique. Je suis restée extrêmement calme aussi quand Lucie Martins est venue annuler son rendez-vous. Je n'ai pas réagi non plus quand une grande perche de troisième est allée lire leur affreux tableau, quand elle est venue consulter nos tarifs, quand elle a gloussé et qu'elle est retournée immédiatement vers eux. Cela nous a fait un choc.

— Non mais tu vois le genre ! a pesté Sabine. Ils comparent les prix, maintenant ! Comme au marché ! Des fruits et légumes ! C'est ça ! Des salades et des courgettes, voilà ce qu'on est devenues à cause de ces... ces faces de poireaux !

Entre nous, je préférais voir Sabine comme ça.

— Et si on remballait pour aujourd'hui ? ai-je proposé.

— On remballe ! s'est écriée Sabine en attrapant notre pancarte. Mais, je te le dis, on ne va pas se laisser faire ! Réunion, après le collège, chez toi... Et, crois-moi, la vengeance va être sanglante !

Bien sûr que c'était une façon de parler ! On n'allait pas entrer dans le collège armées jusqu'aux dents, et les réduire en purée devant les surveillants. En ce qui me concerne, je ne suis même pas capable d'écraser un moustique. Les nuits d'été, je peux passer des heures à mourir de chaud en me protégeant sous les draps. Au moment où je craque, où je me décide enfin à l'écrabouiller, il y a toujours des pensées idiotes qui me viennent comme... « Il a peut-être de la famille » !

Dans ma chambre, en fin d'après-midi, on a tout raconté à Mathieu, en détail.

— Résumez un peu ! nous a pressées mon frère. J'ai des devoirs à faire, moi ! Bon, quel est le problème ? Les deux-là... Gilles et Luc, ils cassent les prix et ils piquent notre clientèle ? Très bien ! Cassons les nôtres !

— Pas question ! ai-je protesté. On ne va pas baisser nos tarifs chaque fois que des amateurs piquent nos idées !

Mon frère a froncé les sourcils, il réfléchissait :

— Alors, il faut montrer que nous, ce n'est pas plus cher pour rien ! Il faut frimer !

Quand il a développé son idée, je reconnais que j'ai été impressionnée. Sabine aussi. Je n'ai rien dit pour qu'il n'en profite pas pour nous demander une augmentation mais j'ai noté tout son plan :

1. Faire savoir qu'on est les meilleurs.
2. Faire savoir qu'ils sont minables.
3. Frimer avec nos techniques modernes.

— Tu peux détailler « techniques modernes » ? a demandé respectueusement Sabine.

— L'informatique, ma vieille ! Il faut montrer à nos clients que, nous, on utilise un ordinateur, et pas un vieux tableau complètement naze ! Il faut qu'on ait un site Internet !

— Pour quoi faire, un site Internet ? s'est étonnée Sabine.

— Primo, parce que toutes les entreprises « modernes » en ont un, même quand ça ne leur sert à rien. C'est juste pour ne pas avoir l'air préhistorique.

— Aaaah ! a fait Sabine.

— Deuzio, parce que Gilles et Luc n'en ont pas ! Troizio, parce que ça fait un moment que j'ai envie de m'y mettre, c'est l'occase !

Enchanté, Mathieu mesurait l'effet qu'il venait de produire sur nous, il a continué d'un ton ferme :

— Et, en ce qui concerne le relooking, je vous signale qu'il y a encore plus fort... des cédéroms faits exprès ! Des programmes informatiques géniaux qui font tout le boulot à votre place ! Vous scannez la photo du client. Une fois qu'elle est à l'écran, vous essayez directement les coupes de cheveux et les accessoires que l'on vous propose. On n'aurait même plus besoin de regarder tous ces magazines crétins, plus besoin de faire des fiches !

Il a couru dans sa chambre et il en est revenu avec une liste très détaillée :

- Cédérom *Cyber-look*, 19 euros.
- *Page Web*, logiciel de création de sites web, 92 euros.
- *Comment créer son site web en une semaine*, éditions Flash, 31 euros.

J'ai avalé ma salive, Sabine s'est assise sur mon lit :

— *Cyber-look* ? C'est ça, le cédérom qui ferait tout le boulot à notre place ?

— Oui ! s'est écrié Mathieu. Je l'ai repéré à la Fnac.

— Est-ce qu'il propose des choix de vêtements, ton *Cyber-look* ?

— Des tas ! En quelques minutes, on peut préparer plein de propositions pour le client. On les imprime en couleur, on met le tout dans une belle pochette avec notre logo dessus *Sabine, Juliette et Mathieu, Conseils* et hop ! ça vous fait 3 euros, jeune homme !

*Sabine, Juliette et Mathieu, Conseils...* Je me demandais quand il réclamerait une promotion, on y était.

Sabine n'a même pas remarqué.

— Oui... peut-être, ça me tente. Mais le site web, ça doit être trop compliqué ! À ton avis, c'est vraiment nécessaire ?

— Nécessaire ? Indispensable, oui ! Imagine la tête du client quand tu lui diras : « Vous avez déjà consulté notre site web ? Nooon ? Eh, bien, allez donc faire un tour sur Internet au CDI... » Ça ne fera pas pro, ça ? Ils ne vont pas avoir l'air de deux dinosaures, vos Gilles et Luc, avec leur vieux tableau pourri ?

Il y a eu un long silence dans ma chambre, comme un moment de bonheur et d'excitation qui flotte, puis Mathieu est sorti en emportant sa liste.

— Bon, moi, je m'occupe de la technique et vous

vous trouvez l'argent... C'est chouette, les techniques modernes, mais ce n'est pas gratuit.

Ça ne nous a pas pris des heures.

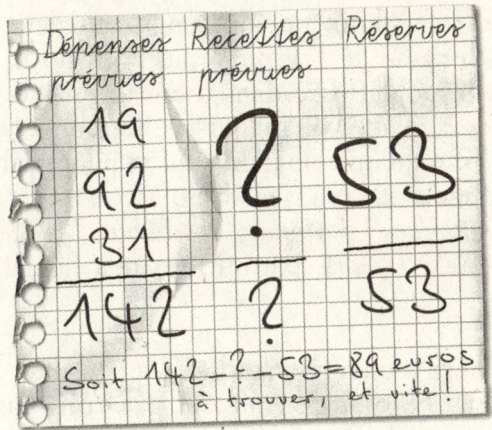

Notre feuille de compte était sans appel, 89 euros à trouver et vite !

Sabine m'a dissuadée d'aller voir une banque.

— À notre âge, ils vont vouloir l'autorisation de nos parents pour emprunter, ça va faire des histoires... Mettons plutôt une publicité dans un journal : *Entreprise cherche investisseurs...*

— Pourquoi pas ? Mais qu'est-ce que tu penses de *Entreprise d'avenir en création cherche investisseurs* ?

Je m'impatientais, je n'aime pas les réunions qui s'éternisent.

— Oui ! D'accord ! a accepté Sabine. On ajoute ton numéro de téléphone et le tour est joué !

Mais il n'était pas joué du tout. Quand on a vu le prix que demandaient les journaux, j'ai cru que j'allais m'évanouir ! J'ai très vite abandonné l'idée d'une belle publicité en couleurs et je me suis renseignée au service des petites annonces.

— Non, nos prix ne sont pas scandaleux ! s'est énervée la dame de *Libération* au bout du fil. Votre annonce serait diffusée dans toute la France ! Nous avons des centaines de milliers de lecteurs !

— Y'en a qu'une vingtaine qui m'intéressent, ai-je rétorqué mais elle n'a rien voulu savoir.

*Le Quotidien, Le Monde, Les Échos, Le journal de Mickey, Télé 7 jours*, partout, on m'a fait la même réponse.

Mon frère a bien ri quand on l'a consulté.

— Vous ne pouvez vraiment pas vous passer de moi ! nous a-t-il répondu. On ne dirait pas que je suis seulement... directeur du personnel ! Et d'ailleurs... si on parlait un peu plus précisément de mon augmentation ? Je me disais que le pourcentage, c'est bien, mais qu'un salaire, c'est mieux !

— Combien tu veux ?

— Deux euros par semaine !

— Qu'est-ce que tu ferais de tout cet argent ? s'est exclamée Sabine.

Mathieu a dit plus doucement :

— Économiser. Je veux... je veux m'acheter un chien.

— Pardon ?

— Je veux m'acheter un chien !

— Ben, va à la SPA, lui ai-je répliqué, c'est plus sympa et c'est... pas cher !

— Je ne peux pas, le chien que je veux est... J'ai une photo ! a-t-il dit en plongeant la main dans le tiroir de son bureau. C'est une race spéciale, vous allez comprendre...

Un veau ! Il n'y a pas d'autre mot ! Il nous montrait un veau d'au moins un mètre dix, poilu comme on ne peut pas imaginer !

— Tu n'as pas trouvé plus petit ? a rigolé Sabine. Tu imagines la tête de tes parents si tu amenais ce monstre dans l'appartement ! Et il faudrait encore qu'il passe la porte !

Mathieu louchait sur la photo d'un air attendri.

— Viens, ai-je chuchoté à Sabine en la tirant par la manche. Sortons ! On va se débrouiller seules...

On s'est débrouillées.

On s'est rabattues sur le seul journal dans nos moyens, celui du collège.

*Le Petit Tchacheur* du collège François-Villon n'était pas autant lu que *Libération*, mais il paraissait un mardi sur deux, sur deux pages (recto et verso). Notre annonce s'est retrouvée coincée entre le récit du séjour des sixièmes A à Quiberon et un poème sur l'automne de Marie-Amélie Portal, 5ᵉ C, mais bon, c'était gratuit.

*Vous voulez devenir riche sans rien faire ?*

*Ça tombe bien, nous aussi !!!*

**Entreprise d'avenir en création
cherche investisseurs !**

*Rejoignez-nous le jeudi 3 mars à 10h,*

*cour des Tilleuls,*

*banc de gauche.*

# 9

## Gling… Gling…

Le 3 mars à dix heures, j'étais très déçue.

— Les rapaces ! a résumé Sabine.

À part quelques anciens clients qui devaient se sentir obligés, il n'y avait pas grand monde devant notre banc. Je ne sais pas si cela avait un rapport avec notre annonce mais la cour des Tilleuls était déserte pour une récré. Les élèves devaient être agglutinés dans la cour de la cantine ou sous le préau.

— Bande de pingres ! Vous le regretterez quand on sera une multinationale ! a lancé Sabine, debout sur le banc. Ramollis !

C'était peut-être un peu exagéré mais, comme je l'ai déjà dit, on était déçues.

On a noté les noms des investisseurs, ça ne nous a pas pris beaucoup de temps. L'addition a été rapide aussi : 3 € + 2 € + 1 € 10 = 6 € 10.

On a remercié Charles Rey, Nicolas Courdier et Mélodie Anchetti.

Je n'ai rien dit quand Mélodie Anchetti nous a donné ses 1 euro 10 en petite monnaie, même si je mourais d'envie de lui expliquer que c'était pas l'Opération Pièces jaunes et même si je n'ai pas aimé son air quand elle a ajouté :

— C'est tout ce que je peux faire, Juliette, je suis un peu juste en ce moment...

Mélodie Anchetti ! Un des cas les moins rentables de toute l'histoire de *Sabine et Juliette, Conseils* ! À cause de Mathieu, un soir où Monsieur était revenu à la maison, surexcité.

— J'ai vu une pub d'enfer à l'arrière d'un bus, je ne comprends pas qu'on y ait pas pensé plus tôt ! Écoute ça ! Ça disait : « Apprenez l'anglais en quelques semaines, satisfait ou remboursé ! »

— Satisfait ou remboursé... Il doit y avoir un truc. Tu imagines ce que quelqu'un comme moi leur coûterait ?

— Bien sûr qu'il y a un truc ! Mais cela inspire confiance ! Il suffit de garder la proposition pour les cas faciles...

Un cas facile, c'est exactement ce que je m'étais dit en voyant approcher Mélodie Anchetti, souple, élancée et dynamique.

— Mais pourquoi vient-elle nous voir ? m'avait tout de suite chuchoté Sabine.

On ne peut pas dire qu'autour de notre banc, c'était la cour des Miracles, il n'y avait pas que des monstres quand même ! mais les jolies comme ça étaient vraiment rares.

Mélodie Anchetti avait un problème qu'on n'avait encore jamais rencontré.

— Personne ne m'aime ! avait-elle annoncé sans détour. Je ne sais pas ce que j'ai... J'agace ! J'agace mes parents, j'agace ma sœur, j'agace les élèves, les profs, tous ceux que je rencontre ! Même mon hamster ne peut pas me supporter !

J'ai immédiatement repensé à l'idée de mon frère.

— Tu arrives au bon moment, ai-je répondu à Mélodie. Nous proposons aujourd'hui notre formule *Satisfait ou remboursé* !

— C'est nouveau ? s'est étonnée Sabine.

Après une courte discussion, on s'est mises d'accord avec Mélodie pour un forfait à 15 euros, l'équivalent de trois séances-conseils en problèmes familiaux.

Huit rendez-vous ! Ça s'est transformé en huit interminables rendez-vous, rien que pour arriver à la conclusion suivante : on rem-bour-se ! L'affaire du siècle !

Après avoir longtemps interrogé Mélodie (quatre séances), on a commencé à comprendre son problème. Mis à part qu'elle souriait très peu, elle ne disait jamais, absolument jamais à qui que ce soit le moindre mot aimable.

— Mais pourquoi tu ne souris pas ? lui a demandé cent fois Sabine. Pourquoi tu ne dis jamais rien de gentil à personne ?

— Je ne sais pas, je n'y pense pas...
— Imagine ! lui ai-je proposé un jour. J'arrive à ta rencontre, tu ne m'as pas vue depuis des semaines...
J'ai reculé de cinq mètres et je l'ai appelée joyeusement :
— Mélodiiiiie !
J'ai bondi vers elle comme une gazelle vers un point d'eau après trois jours dans la savane et une gourde à sec :
— Mélodiiiiie !
— Ah... Salut !
— Sourire..., a soufflé Sabine.
Mélodie m'a fait une grimace.
— Salut... Juliette !
— Dis quelque chose d'aimable..., a continué Sabine.
— Je... je suis contente de... de te voir...
— Bien ! Encore !
Trois séances plus tard, Mélodie Anchetti parvenait à articuler presque toute seule et d'une traite :
— Oh ! Salut... Juliette ! Tu... tu as l'air en forme, ce matin.
On a tout essayé. La gentillesse, les menaces, rien ne marchait. Si je haussais le ton, Mélodie se contentait de se renfrogner en grognant :
— Vous voyez bien ! Vous aussi, je vous énerve !
Ce n'était pas faux et, le midi du huitième et dernier rendez-vous, Sabine m'a interceptée juste avant que j'entre dans le CDI.
— J'en ai par-dessus la tête de Mélodie Anchetti !

Ce n'est pas un glaçon, cette fille, c'est l'iceberg qui a coulé le *Titanic* !

— N'exagère pas...

— J'exagère ? Non, mais tu imagines ce que doit endurer sa famille ? Et son hamster ? Tu as pensé à son hamster ? Je vais appeler la SPA, moi, ça ne va pas traîner !

En fait, moi aussi, j'en avais plus qu'assez.

— Écoute, ai-je proposé, on va faire un test ! On va lui annoncer deux ou trois trucs comme si c'était vrai, des chouettes et des supertristes, si elle ne me répond rien de sympa comme un humain normal... on rembourse !

On s'est installées à notre table près des dictionnaires comme d'habitude. Bientôt, Mélodie nous a rejointes.

— Ah ! Salut ! Vous allez bien ?

Elle avait dû s'entraîner devant la glace.

— Ouiiii ! s'est exclamée Sabine. Tu sais quoi ? J'ai eu un petit frère cette nuit ! Il est trop trognon ! Hugues, il s'appelle, je l'adooore !

— Ah ? a fait Mélodie.

Sans me lever, j'ai dit doucement, la tête ballottant de droite à gauche :

— C'est dingue, la vie... Y'en a qui naissent, y'en a qui meurent... Ma grand-mère est tombée malade cette nuit... j'ai eu une de ces peurs !

— Ah ? a répété Mélodie.

Sabine et moi, on s'est regardées et on s'est tapé la main.

— On rembourse !

Le pire, c'est que Mélodie Anchetti doit toujours se demander pourquoi on a quitté si vite le CDI.

— Un euro dix... Merci, merci beaucoup, Mélodie. C'est vraiment généreux de ta part.

— Je sais.

Sabine a gardé un ton très professionnel pour s'adresser à nos investisseurs :

— En mon nom et en celui de Juliette, je suis fière de pouvoir vous dire que maintenant vous faites partie, en quelque sorte, de notre entreprise. Ensemble, on ira loin ! Grâce à vous ! Grâce à votre générosité et même grâce à Mélodie !

Battant l'air de ses bras, Sabine s'enflammait – comme toujours – en faisant tinter ses bracelets. Elle perdait un peu de vue que les investisseurs n'étaient pas venus en masse.

— Oui, bon, ai-je conclu, on vous préviendra dès qu'on aura fixé une date de réunion, hein ?

— Merci de nous faire confiance ! a encore crié Sabine.

Finalement, je m'en serais voulu de lui avoir ôté son enthousiasme. Elle en a eu besoin quand la fin de la récré a sonné et que Gilles et Luc sont venus nous narguer. Gilles a fait sonner les poches de son jean :

*Gling... Gling...*

— Besoin d'un peu de monnaie, les filles ?

— Ricane, ricane, a rétorqué Sabine encore énergique. Dans moins de quinze jours, vous ne serez plus qu'un mauvais souvenir, les brontosaures !

Gilles et Luc n'ont pas eu l'air de comprendre mais Sabine était contente.

— On va goûter chez toi ? m'a-t-elle demandé. Il faut fêter ça !

J'ai accepté mais je fanfaronnais moins. J'ai même cru que tout était fichu, qu'on allait stagner à jamais avec notre petite entreprise de rien du tout. Six euros et dix centimes !

Je n'aurais pas imaginé que c'est encore mon frère, que j'avais souvent regretté d'avoir embauché, et particulièrement à l'heure du goûter, qui allait donner à *Sabine et Juliette, Conseils* une dimension internationale.

# 10

## Vite ! Venez voir !

Paf ! Le soir même, Mathieu a déposé le butin sur la table de la cuisine, une grosse enveloppe en kraft passablement chiffonnée.

— Prêtes à recevoir un choc, les filles ? s'est-il exclamé.

Il a marqué une pause pour bien profiter du moment, il a attendu que Sabine repose le pot de Nutella, qu'elle se lèche les doigts, et il a vidé l'enveloppe d'un seul coup sur la table. Des pièces, des billets froissés et un paquet de caramels très mous.

— Quatre-vingt douze euros et des brouettes ! a-t-il tonné en ramassant les bonbons. Qui dit mieux ?

Pas nous.

— Comment tu as fait ? a dit ma copine.
— J'ai demandé aux copains, à mamie Hélène, à nos parents...
— Nos parents ? Nos parents à nous ? T'es fou ? Je te rappelle que c'est dans ton contrat ! Pas un mot aux parents, sinon, c'est la porte !

Mon frère a pris un air de caïd, comme dans les vieux films américains que j'aime bien, où les rois de la pègre n'en finissent pas de préparer des braquages en noir et blanc qui ratent toujours à la fin.

— T'inquiète, a chuchoté Mathieu. Motus et bouche cousue. Je n'ai pas donné de détails. Pour eux, c'est une avance sur mon argent de poche... (il a dégluti) et mon anniversaire.

Il s'est levé et il est sorti, il nous a laissées devant le magot. On a commencé à faire des tas pour recompter plus facilement. Sabine lissait les billets, je triais les pièces de deux quand Mathieu est revenu. Il a chopé un billet (de cinq) en disant seulement :

— Désolé, mais, là, je suis quand même trop à sec ! Je vous préviens, elle a intérêt à rapporter gentiment, votre affaire ! N'oubliez pas ! Il faudra me rembourser, c'est l'argent de mon chien, ça !

On ne pouvait pas tellement protester.

À partir de ce moment, ça n'a pas traîné. Le lendemain, dès l'ouverture des magasins, Mathieu, très récemment promu directeur adjoint, fonçait faire ses emplettes. J'ai passé mon temps à guetter son retour, à la fenêtre du salon, à la fenêtre de ma chambre, de la sienne, à vérifier dans la cage d'escalier si je ne l'entendais pas monter. Quand il a enfin franchi la porte d'entrée, je me suis précipitée sur lui.

— Montre ! Montre !

Son altesse a daigné entrouvrir les sacs.

— Vite fait, alors.

J'ai vu un livre, le cédérom de relooking, le logiciel de création de site et...

— Et ça, qu'est-ce que c'est ?

— Rien !... a répondu Mathieu en refermant le sac.

Je le lui ai pris des mains, j'ai sorti la boîte et j'ai lu :

— Les... *Les Sams* ? On n'en a pas parlé ? Dis donc, ça ressemble davantage à un jeu qu'à un truc pour travailler...

— Normal vu que c'en est un ! s'est exclamé mon frère en me le reprenant. Un jeu génial !

— Eh ! Ho ? Pas avec notre argent, j'espère ?

— Si j'étais mesquin, je te ferais remarquer d'où vient « votre » argent... Je n'ai pas le temps de discuter avec toi, je vais dans le bureau voir ce que ça donne. Laisse-moi bosser tranquille, je t'appellerai !

Je l'ai laissé faire mais, depuis, c'est vrai que je surveille d'un peu plus près la comptabilité. Je m'en suis félicitée plusieurs fois d'ailleurs, et, tout spécialement le jour où Mathieu a essayé de faire passer l'achat de deux BD en frais de documentation.

— C'est quoi, ça ? ai-je demandé. Ça ! Dans la colonne *Dépenses*... *Fujimati au pays des dragons* et *Fujimati contre les trois samouraïs* ? Là ! À deux fois 8 euros ?

— Oh ! Ça ! C'est pour un client ! a inventé Mathieu. Tu sais bien, Grégoire Madec... 3ᵉ E ! Il a un ancêtre chinois, il l'a dit, c'est dans sa fiche, alors je me renseigne !

— Tu te renseignes...

— Oui !

— Avec un héros de BD japonais pour un client qui a un ancêtre chinois et qui veut simplement qu'on l'aide à se faire dispenser de sport ? Tu ne serais pas en train de te moquer de moi ?

Mathieu a joué l'offensé.

— Très bien ! Puisque ça gêne que je travaille sérieusement... je rembourse !

Ce jour-là, depuis que Mathieu était dans le petit bureau, je surveillais plutôt les aiguilles de la pendule de l'entrée. Les heures passaient lentement, lentement. Je ne savais plus quoi répondre à Sabine qui me téléphonait tous les quarts d'heure.

— Aloooors ?

— Il est toujours enfermé...

— Aloooors ?

— Toujours rien...

— Aloooors ?

— Il travaille, il travaille... Attends ! J'entends du bruit !

Oui, j'ai eu un espoir vers midi, mais Mathieu n'est sorti que quelques minutes, le temps de se préparer un sandwich.

— On peut savoir ce que tu fabriques depuis ce matin ? a demandé maman. Pourquoi tu fermes la porte à clef ?

— Une surprise ! Ooooh ! Y a plus de beurre salé !

— Je crains le pire, a rigolé mon père.

— Faites-moi un peu confiance ! a protesté Mathieu. Je peux emporter les cornichons ?

— Non !

Toute la journée, il a travaillé. Ça ne lui ressemble pas. Mon père rigolait de moins en moins, il a fini par s'inquiéter. Vers quinze heures, il a chuchoté à travers la porte :

— Mathieu ? Tu... tu n'avais pas un match de foot ?

— Annulé !

En fin d'après-midi, un calme étrange régnait dans la maison. Papa écoutait ses vieux disques en plastique noir, maman venait de me refuser un mot compte triple au Scrabble, soi-disant que « scarabinées » n'existait que dans ma tête, quand Mathieu est sorti du bureau en hurlant :

— Vite ! Viiiiite ! Venez voir !

Sur l'écran, il y avait une dizaine de fois la même photo de mon père. Enfin... presque la même. Mon père en blond avec une moustache, mon père bronzé comme à un retour de vacances, mon père en brun frisé, mon père avec les yeux rouges comme un lapin albinos, mon père normal un peu chauve dessus mais avec des lunettes noires, très chouettes.

— Ah, c'est ça, ta surprise ? C'est malin ! a protesté papa.

Mais maman était très intéressée.

— Regarde celle-là, Paul... Ça te va bien ! Mais siiii !

Elle a entouré de ses bras les épaules de mon frère qui trônait, impérial, sur sa chaise pivotante.

— Comment tu as fait, mon chéri ? lui a-t-elle demandé. C'est super !

— J'ai installé ce logiciel, a-t-il répondu en montrant le *Cyber-look* à 19 euros. Puis j'ai scanné une photo de papa...

— Au hasard..., a grogné mon père qui faisait semblant d'être en colère.

— Et je n'avais plus qu'à suivre les indications pour l'arranger un peu...

Radieux, mon frère m'a fait un clin d'œil en attrapant la souris. En trois clics, il a affublé papa d'un bonnet à pompon. Ma mère a éclaté de rire.

— Tu es génial, mon fils !

C'est à partir de ce jour-là qu'elle nous a laissés utiliser plus facilement l'ordinateur.

# 11

# Le Cyber-relooking

La queue ! Il y avait la queue, le lundi midi, devant notre banc pour voir les photos de mon père. Les élèves trépignaient comme un jour de soldes, ça faisait plaisir à voir. Bien sûr, on a été obligées de s'organiser.

Je n'étais pas vraiment étonnée de leurs réactions, Sabine aussi était émue quand je lui ai montré les tirages.

— C'est tellement beau ! Regarde ça ! On ne voit même pas les trucages ! On dirait que ton père a toujours eu ce bonnet ! C'est tellement... tellement professionnel !

Elle a essuyé une petite larme et elle s'est vite ressaisie.

— Par groupe de trois ! a-t-elle crié aux élèves intéressés. Calmez-vous sinon on ne va jamais s'en sortir ! Chacun son tour, y'en aura pour tout le monde !

Moi, je notais leurs noms dans l'agenda noir et je rangeais avec précaution leurs photos d'identité.

Malgré le tarif, 3 euros le *cyber-relooking*, les commandes ont explosé, le succès a été fulgurant ! À la sortie du collège, le surveillant en poste à la porte a vu passer, trop surpris pour protester, une bonne vingtaine de carnets de correspondance sans visage.

Je ne suis pas aussi sensible que Sabine, mais je dois reconnaître que, même moi, ça m'a fait quelque chose de distribuer le lendemain vingt-deux belles pochettes, vingt-deux sublimes pochettes, avec en titre *Cyber-relooking*, et juste dessous, notre logo *Sabine et Juliette, Conseils*. J'étais émue et... fière !

Baptiste Vétel m'a remerciée personnellement :

— Bravo ! Sabine m'a dit que c'était ton idée, les dread locks ! Jamais je n'aurais osé ! Ça me va trop bien ! Maintenant, il suffit que je fasse accepter ça à mes parents. Ils sont un peu classiques...

— Cinq euros ! lui ai-je répondu. Pour 5 euros, on vous conseille aussi pour vos problèmes familiaux... Pour toi, ce sera 4 euros. Prends un rendez-vous, on t'arrangera ça !

Éric Rouet nous a tout de suite passé une nouvelle commande.

— Tenez, c'est une photo de ma sœur, a-t-il dit. Ne me la loupez pas, c'est pour offrir !

Oui, ils étaient heureux. L'arrivée du surveillant a failli tout gâcher.

— Qu'est-ce qui se passe ici ?

— Visez le look, m'sieur ! lui a dit Baptiste Vétel en lui mettant sa pochette sous le nez. Alors, c'est pas la classe ? Sans vous commander, m'sieur, vous devriez vraiment essayer...

Je me suis dit que les adultes n'étaient pas du tout la clientèle qu'on visait, mais je n'ai pas pu empêcher le surveillant d'attraper la pochette. Les autres continuaient de s'extasier sur leurs photos, Sabine et moi, on se jetait des regards inquiets.

Alors, Sabine a dit :

— Bien sûr ! Avec plaisir ! Plusieurs même ! quand le surveillant a demandé si on pouvait lui faire un petit essai.

— Gratuit ! ai-je ajouté.

Après tout, dans les affaires, ça compte d'être au mieux avec l'administration. Il est reparti en nous laissant sa carte de famille nombreuse. On s'est un peu détendues.

Nous étions très contentes aussi d'avoir récupéré une grande partie de notre investissement. Une fois 2 euros (on avait fait une réduc à Baptiste Vétel car on le connaît depuis la maternelle), plus 20 fois 3 euros, soit 62 euros ! Il manquait 3 euros, on n'avait pas compté la fiche de Clara Froment, aucun de nos *relooking* sur l'ordinateur ne l'arrangeait.

— Y'a des limites au pouvoir de l'informatique ! avait commencé à s'énerver mon frère la veille au soir, après une demi-heure d'essais.

Soixante-deux euros ! Avec tout ça, j'avais oublié de préparer un minimum le contrôle de maths, mais on ne peut pas tout faire. Et puis, la tête de nos clients quand on a fait la distribution, ça, c'était inoubliable, pas comme les relations métriques dans le triangle rectangle.

La sonnerie de fin de récré a dispersé les élèves et Sabine s'est écroulée sur notre banc en poussant un cri de victoire :

— Yaaaaaah !

Elle s'est relevée d'un bond, les deux poings sur les hanches.

— Tiens, tiens..., a-t-elle gloussé. Mais on n'a pas vu Gilles et Luc, ce matin ?

Je n'avais qu'un truc à répondre :

— Qui ça ?

On avait rapidement éliminé la concurrence. Certains fainéants se seraient autorisé du repos et, pourquoi pas, des vacances. Mathieu l'a suggéré le soir même, d'ailleurs :

— Puisque vous êtes si contentes de moi, est-ce qu'on ne pourrait pas reparler de mes congés ? Ce n'est pas très précis sur mon contrat.

Je l'ai tout de suite interrompu.

— Ce n'est pas pour te les refuser, surtout après le beau boulot que tu as fait, mais pense à l'avenir ! On a ridiculisé Gilles et Luc, d'accord ! Mais... qu'est-ce qui se passera si des plus costauds déboulent dans la cour ? Hein ?

— Ben...

— Je vais te le dire, moi ! On coulera ! Finito,

*Sabine et Juliette, Conseils* ! Aux fraises, notre entreprise ! Ah, çà ! Tu en auras du temps pour te reposer !

— Oui, d'accord, a dit Mathieu. Mais, là, regarde... J'ai droit à un cinéma et je n'ai même pas le temps d'y aller !

— Peut-être, peut-être... mais est-ce que tu es bien organisé ? Et puis tu trouves quand même le temps de te goinfrer à la boulangerie, non ?

Je ne lui ai pas donné la possibilité de protester. J'ai continué :

— C'est à toi de voir... Soit tu préfères avoir tout ton temps pour aller au cinéma et pas de quoi te payer une place, soit avoir largement de quoi te payer une place et pas toujours le temps ! ai-je dit en sortant de sa chambre. Je te laisse réfléchir là-dessus...

Mathieu a accepté assez facilement de se remettre au travail, et pas seulement parce qu'on a trouvé un arrangement à deux goûters par semaine. Je crois que l'informatique, c'est un genre de maladie, un virus. Quand on a vu ce qu'on peut en faire, on ne peut plus s'en passer !

Celui qui a déjà rendu un devoir bien tapé, bien aligné sur une page ne peut plus jamais être content de remplir une copie double même en s'appliquant, en soignant son écriture au stylo plume, en soulignant à la règle, sans rature et sans pâté. À côté d'un traitement de texte, ça aura toujours l'air d'un horrible brouillon. Il n'y a rien à dire d'autre !

— Réfléchissez donc au contenu ! disait quand même assez souvent Mme Brion, ma professeur de français. Vos ordinateurs ! Vos ordinateurs ! Ne croyez pas que vous allez me berner aussi aisément ! Ce n'est pas parce que c'est bien présenté que c'est intelligent !

Elle prononçait « oooordinateurs » avec beaucoup de « o ».

Bien sûr que même un 2,66 gHz ne savait pas encore répondre tout seul comme un grand à « Racontez votre plus grande frayeur » mais ce n'était pas interdit d'espérer. Il y a cent ans, les élèves n'auraient pas parié cher non plus sur l'invention de la calculette.

Bref, contaminés comme on était par l'informatique, Mathieu en tête, on s'est plongés immédiatement dans notre projet de site web. Immédiatement aussi, nous avons recontré quelques problèmes.

## 12

## Je me connecte !

Heureusement que l'opération *Cyber-look* avait renfloué nos caisses car nous avons dû acheter beaucoup de livres. À chaque fois, la couverture alléchante nous promettait : *Construisez votre site en cinq minutes chrono* !

— Des escrocs ! pestait mon frère.

— Rien que de la publicité mensongère ! grognait Sabine. C'est honteux ce que les gens sont prêts à faire pour gagner des sous !

On a acheté comme ça, un livre, deux livres, trois livres... jusqu'à ce qu'on tombe sur un petit album de rien, bien expliqué, bien illustré.

— Aaaaah ! s'est exclamée Sabine. Enfin ! Celui-là

a l'air simple ! Je sens qu'on va pouvoir s'y mettre. Mais, bon ! Admettons que ça marche... Quelqu'un se connecte sur Internet, il tape notre adresse, et il est sur notre site... Et alors ? Qu'est-ce qu'il voit ?

— Ma photo ! a rigolé Mathieu, pas très concentré.

— N'importe quoi, a répliqué Sabine. Je veux dire : qu'est-ce qu'il voit d'intéressant ?

— NOUS ! ai-je tout de suite répondu. Notre entreprise ! *Sabine et Juliette, Conseils* ! Nos tarifs ! Nos succès ! Notre pub, quoi !

Sabine m'a attrapé les mains.

— Avec des couleurs ? Et des dessins qui bougent ?

— Oui ! Oui !

— Et on parlerait de nous, de notre vie, tout ça ?

— Oui ! Oui !

Mathieu souriait aux anges, Sabine trépignait d'enthousiasme.

Pendant deux semaines, on s'est relayés devant l'ordinateur. Il fallait faire vite. Si mon frère est bon à l'école sans trop se fatiguer, mes notes à moi étaient en chute libre, ça devenait difficile de cacher tout ça à mes parents. On a travaillé, travaillé, tapé des kilomètres de texte sur le clavier. On a dessiné pour que cela soit plus gai à regarder. On n'avait plus le temps de rien, à peine celui d'avaler un sandwich ou une barre de chocolat. Le matin, je me jetais dans mon jean de la veille, j'enfilais n'importe quoi pour gagner un quart d'heure devant l'écran avant le départ pour le collège. J'accumulais les bons de retard, j'étais épuisée.

— Tu as une de ces têtes ! m'a dit maman, un soir, en revenant de son travail. Il faut t'aérer un peu ! Toujours enfermée ! Toujours scotchée à l'ordinateur !

J'avais bien fait de me précipiter sur la porte d'entrée pour lui éviter de chercher ses clefs !

— Et ton frère, c'est pareil ! a enchaîné maman. Des zombies ! Moi, quand j'avais votre âge, on se bougeait ! Je ne sais pas, moi, on allait à la piscine ! On se promenait dans les champs !

— Ce n'est pas évident de trouver des champs dans le quartier...

— Épargne-moi ton humour ! a répliqué ma mère. C'est pour votre bien que je dis ça. J'en ai parlé avec ton père, ce n'est plus possible. De toute façon, ce week-end, on vous expédie à la campagne, ta tante est prévenue !

— Oh non, maman ! Pitié ! Pas la campagne !

Elle n'a même pas répondu. Elle a accroché son sac au portemanteau de l'entrée et elle s'est dirigée vers le salon.

J'ai crié :

— Mathieu ! Viens ! Mathieu !

— Quoi ? Quoi ? Qu'est-ce qui se passe ? a demandé mon frère en sortant la tête du bureau.

— Fais quelque chose ! Papa et maman veulent nous envoyer ce week-end chez tante Lucie.

— L'horreur !

— Il paraît qu'on a mauvaise mine !

Il a eu l'air de me jauger.

— C'est pas faux...

— Rigole pas, on a autre chose à faire que de se promener dans les champs !

Mathieu a eu une attitude étrange. Il s'est avancé dans le couloir, il a jeté un coup d'œil dans le salon et il a dit tout bas :

— Tu t'inquiètes pour le site ?
— Ben... oui !
— Tu as tort ! Je crois qu'on y est...
— Hein ?
— Je dis : je crois qu'on y est ! On a fini. On peut télécharger toutes les pages qu'on a préparées...

J'ai foncé sur le téléphone.

— Ce n'est pas... possible ? a bredouillé Sabine. J'arrive !

Le vendredi 25 mars à dix-neuf heures vingt-trois, on a baissé la lumière du bureau. On s'est installés tous les trois, en silence. L'ordinateur ronronnait, Mathieu a allumé l'écran.

— Prêtes ?

Sabine a émis un grognement, moi, je n'ai rien pu dire.

Mathieu a annoncé :

— Je me connecte !
— Non ! Attends ! J'ai la trouille ! s'est écriée Sabine. Je vais être trop déçue si ça rate...

Mon frère a cliqué sur *Annuler*, on a attendu. Sabine a marché de long en large dans la chambre. Elle a sautillé un moment en balançant les bras, à la manière des boxeurs qui se détendent les muscles sur le ring.

— Ouch ! Ouch !

Elle expirait, elle inspirait, elle expirait.

— Je suis énervée ! Je suis tellement énervée ! Et puis ma mère a fait des tas d'histoires pour me laisser sortir à cette heure-là. J'ai dû inventer que...

— Bon ! Tu nous racontes ta vie ou je peux y aller ? a lancé Mathieu.

Moi, j'aurais bien aimé que Sabine nous raconte un peu sa vie, elle ne dit jamais rien sur ce qui se passe chez elle, mais c'est vrai que ce n'était pas le moment.

— Oh, Mathieu, rien qu'une minute ! a-t-elle imploré. Vous n'avez pas une petite soif, vous ?

Deux cocas plus tard, elle s'est enfin assise entre nous deux. Elle me tenait le poignet gauche d'une main, de l'autre l'épaule droite de Mathieu.

— C'est pour faire passer le fluide ! s'est-elle excusée.

— Allons-y ! a dit mon frère. Appelons le Grand Esprit !

Il s'est connecté. Dans la case en haut, à gauche, il a tapé doucement :

*http://www.sabine.juliette.com*

La souris a dit OK ! et là... là... c'était nous ! Nous ! Sabine et Juliette, Juliette et Sabine ! Nous sur l'écran ! Nous sur le web !

Sabine s'est mise à pleurer doucement, j'ai sauté en l'air !

— Victoiiiiiiire ! a hurlé mon frère.

# 13

## Sur le web !

La documentaliste n'était pas habituée à voir autant de monde au CDI. D'habitude, c'est même tellement désert que je me demande souvent pourquoi ils en mettent encore un dans les collèges. Mais bon, ce matin-là, tous les élèves de ma classe, tous ceux de la classe de Sabine et d'autres qu'on ne connaissait même pas étaient agglutinés devant les cinq écrans. À peine connectés sur notre site, j'ai vu qu'ils étaient impressionnés.

— Wahou ! Qui vous a appris à faire ça ? a dit quelqu'un sur l'écran 3.

Je ne pouvais quand même pas répondre : « Mon petit frère ! », ça n'aurait pas fait sérieux.

— On a beaucoup travaillé..., a dit Sabine. On avait des livres... des revues spécialisées...

Je leur expliquais qu'on pouvait cliquer et découvrir une nouvelle page dès qu'une petite main apparaissait quand, tout à coup, sur l'écran 2, Élisabeth Morin a poussé un petit cri :

— Oh ! C'est qui, celui-là ? Sa tête me dit quelque chose... Oh ! Il y a une petite main !

Il y avait une petite main sur la photo de Mathieu et, sous la photo, il y avait un texte qui clignotait :

*Alors, les filles, surprises ?*

Rien n'aurait pu empêcher Élisabeth de cliquer et de lire à voix haute, très haute :

*Salut à tous ! Je me présente !*
*Je m'appelle Mathieu !*
*C'est moi, l'homme de l'ombre,*
*celui qui fait tout sur ce site.*
*Mais, on vous a sans doute parlé de moi ?*
*Non ? Comme c'est bizarre...*

Suivait un long texte très détaillé sur sa vie, ses passions, la photo du veau, et à peu près tout ce que mon frère a fait depuis qu'il est né. À voir la liste, personne n'aurait cru qu'il avait seulement dix ans.

Quand Élisabeth a fini de rigoler, Sabine a eu la bonne idée de proposer de changer de sujet.

— Vous voulez que je vous montre comment on peut consulter notre carnet de rendez-vous ?

Élisabeth a ricané qu'elle préférerait demander à mon petit frère mais les autres voulaient bien.

— Là, comme ça ! Vous cliquez sur le livre et vous voyez tout de suite si tel jour, on aura le temps de vous recevoir...

— Wahou !

Je ne vais pas rapporter leurs commentaires, je n'aimerais pas passer pour une prétentieuse, mais c'était très agréable. Avant que Mme Riboule ne nous expulse, on a eu juste le temps de leur distribuer notre nouvelle carte de visite, juste le temps !

Je peux bien l'avouer, avec Sabine, on chantonnait, bras dessus, bras dessous dans les couloirs en regagnant nos classes.

On s'est séparées à regret au deuxième étage. Je l'ai regardée grimper à toute allure dans la cage d'escalier.

Je savais que ça allait résonner alors je lui ai crié une dernière fois :

— On est sur le web !

— Et accessoirement au collège ! m'a répondu une voix glaciale dans mon dos. Sabine, descends ! Toi aussi, Juliette, dans mon bureau !

M. Cornat n'était pas très impressionnant pour un Principal de collège, mais, ce jour-là, il avait l'air particulièrement excédé.

— Je croyais que vos heures de colle vous avaient servi de leçon ! Mais non ! Mesdemoiselles continuent leur petit commerce ! Vous croyez que vos manigances dans la cour des Tilleuls m'ont échappé ?

Il a fouillé nerveusement dans un tiroir et a abattu d'un seul coup un exemplaire du *Petit Tchacheur* sur son bureau.

— Et ça ? Le coup de l'entreprise d'avenir ! Vous pouvez m'expliquer ?

Sans attendre, il a étalé sous notre nez le contenu de la pochette du *cyber-relooking* (gratuit) de Clara Froment.

— Oh... ça... Il ne faut pas faire attention, il est raté, mais on ne lui a pas fait payer ! s'est vite rattrapée Sabine.

M. Cornat a joint ses mains.

— J'ai été plus que patient avec vous ! Tant que vos bêtises restaient dans la cour, tant que les parents d'élèves ne protestaient pas, je fermais les yeux. Mais, là... Mme Riboule sort de mon bureau ! Vous croyez que le collège se ruine en ordinateurs pour servir vos trafics ? JE SAIS TOUT de votre dernière invention au CDI !

S'il savait tout, ce n'était peut-être pas la peine qu'il nous convoque, mais ça, je ne l'ai pas dit.

Il a crié, il a menacé. Sabine et moi, on se regardait par en dessous, on attendait que ça passe. Soudain, il s'est levé et il nous a sommées de sortir :

— Dehors ! Allez-vous-en ! Et que je n'entende plus parler de vous, de vos conseils, et de votre relooking !

Il disait exprès « reloukinge », c'était ridicule.

On est sorties à reculons, en essayant de sourire poliment. On s'est vite éloignées, je n'aime pas traîner dans le couloir de l'administration. On est redescendues dans le hall, ce n'était plus la peine de retourner en classe, les professeurs allaient exiger un bon de retard et on ne pouvait quand même pas revenir chez M. Cornat en demander un.

— On va dans la cour ? m'a proposé Sabine.

— Si tu veux ! Pff ! Ça va devenir difficile de travailler ici ! S'il nous surprend avant le prochain conseil de classe, je ne donne pas cher de notre peau...

— Bah ! On s'en fiche, a rigolé Sabine. Plus besoin d'attendre sur le banc, plus besoin d'installer la pancarte, plus besoin de donner des rendez-vous au CDI ! On est... On est...

— On est sur le web !

## 14

## Misère !

À peine sortie du bureau du Principal, Sabine a couru vers les toilettes.

— De l'eau sur la figure ! Vite ! Il n'y a que ça pour me calmer ! m'a-t-elle dit. Je suis trop speed. Regarde ! Je transpire, je dois être écarlate ! Je ne vais jamais tenir jusqu'à ce soir !

Face aux lavabos, il y avait déjà quelqu'un. Un garçon blond dans les toilettes des filles, ça n'a pas calmé Sabine.

Dès qu'elle l'a vu, elle a commencé à pouffer en me donnant des coups de coude. Elle s'est dirigée vers un lavabo à l'opposé, sans quitter le garçon des yeux de miroir en miroir.

— Psst ! m'a-t-elle sifflé en s'aspergeant d'eau fraîche. C'est qui ?

— Je ne sais pas, mais il n'a rien à faire ici !

Je l'avais entr'aperçu, une fois ou deux, un quatrième sans doute. Il se lavait les mains avec application, le savon moussait bleuâtre, sûrement une explosion de cartouche. Il fixait ses mains, indifférent à notre présence.

— Il est plutôt bien, hein ? a continué Sabine.

— Arrête !

— Mais quoi ! Y'a pas de mal à dire des trucs gentils !

Le garçon a augmenté le débit des robinets.

Sabine s'est mise à rire bêtement.

— Il est drôlement mignon, c'est tout ! Oh ! T'es pas marrante !

Brusquement, la porte des toilettes s'est ouverte sur Aurélien Barruci. Il nous a à peine fait un signe de tête. Ce n'était pas très gentil, mais ça ne m'a pas surprise, vu qu'il nous ignorait depuis que le succès lui était monté à la tête.

— Tiens ! Comme on se retrouve, monsieur Mémoire courte ! a lancé Sabine.

Aurélien n'a pas relevé, il s'est adressé au garçon blond :

— Je te cherche partout ! Qu'est-ce que tu fais chez les filles ?

— J'avais de l'encre plein les mains, je suis allé au plus près.

— Oui, ben, grouille-toi, Jacques ! Le prof s'impatiente !

— Jacques..., a répété Sabine.

— J'arrive ! De toute façon, je préfère encore avoir des taches qu'entendre une minute de plus glousser ces deux dindes !

Je n'en croyais pas mes oreilles. Il a arraché une serviette en papier au distributeur en demandant à Aurélien :

— Tu les connais ?

— Mouais, je t'en ai déjà parlé, ce sont les nanas du *relooking*... Allez, viens ! On va vraiment se faire sonner les cloches !

Ils sont sortis mais j'ai très bien entendu la dernière réflexion de Jacques. Il a dit... Il a dit : « Les filles du *relooking* ? Celles qui ont trié tes fringues et qui t'ont emmené chez le coiffeur ? Arrête ! Tu plaisantes ? Ce n'est pas possible ! Comment veux-tu qu'elles donnent des conseils à qui que ce soit ? Non, mais tu as vu la touche qu'elles ont ?

La touche qu'elles ont !

Il y a eu un grand éclat de rire et Aurélien a conclu :

— Ouais... C'est vrai qu'avant, elles n'étaient pas si moches ! On peut dire que, cette année, elles ne se sont pas arrangées ! Il serait peut-être temps qu'elles se paient une consultation !

Sabine n'aurait pas fait une autre tête si elle avait avalé le savon. Je me suis précipitée vers un miroir et ce qu'il m'a renvoyé n'était pas beau à voir ! C'était moi ? Juliette ? Le teint brouillé et l'air de tomber du lit ? Mes cheveux avaient poussé dans tous les sens sans que je m'en rende compte. Il aurait quand même pu me prévenir, le Charlie Coiffure, que j'avais passé la cote d'alerte ! Et depuis combien de temps je traînais avec ce pull ramolli ? J'avais pris combien de kilos, moi ? Trois, quatre, à avaler vite fait n'importe quoi ? Oui, depuis combien de temps, tout court, je n'avais pas surveillé ma bobine dans un miroir ?

Sabine s'est approchée de moi. Elle a mis son visage juste à côté du mien et elle a dit :

— Misère !

J'avais la gorge serrée.

— C'est vrai que c'est moche, a chuchoté Sabine. Regarde ! Je n'ai même pas mis de bracelets !

On est restées un moment immobiles, on regardait notre image, fixement.

Peu à peu, Sabine a changé d'air. Elle a agité ses cheveux, elle s'est pincé les joues.

— Allez ! Bouge-toi ! s'est-elle exclamée en me secouant par les épaules. Hé ! Ho ! On va nous arranger ça ! Il paraît...

Elle s'est mise à marcher comme une danseuse, en choisissant précisément les carrelages où poser ses pointes de pieds.

— Il paraît...

Trois petits pas.

— Il paraît... qu'au collège François-Villooon...

Une arabesque.

— ... et sur le web... il y aurait deux spécialistes ! (Un entrechat) Des filles trop fortes !

Elle a fait une pirouette.
— Des filles archifortiches !
Et une immense révérence :
— Tu connais... toi ? *Sabine et Juliette, Juliette et Sabine, Conseils* ?

*Quelques mois plus tard...*

## 15

## Linda, Carry ou Jessica

Au collège François-Villon, on apprend l'anglais, l'espagnol, l'allemand, le russe et l'italien. Il y a même des élèves qui font du latin. Au moins ceux-là sont tranquilles, ils ne risquent pas d'avoir des correspondants.

Les correspondants, c'est une idée de Mlle Dolle. Dès la rentrée de troisième, elle nous en a parlé. Je n'étais pas enthousiaste, l'anglais n'est pas ma matière préférée. Je fais même un blocage. Le pire, c'est à l'oral, je crois que j'ai peur d'être ridicule. Mlle Dolle nous a reparlé régulièrement de ses correspondants mais personne ne s'est méfié, personne n'y croyait vraiment. Et un matin, c'est arrivé...

— Hello ! J'ai de bonnes nouvelles ! s'est écriée la professeur en brandissant un paquet d'enveloppes. Ça y est ! J'ai les premières lettres de vos correspondants !

— Oh là là... Je ne le sens pas, ce truc-là..., a grogné Jérôme Flesch.

— Jérôme ! Une langue, c'est fait pour communiquer ! À quoi ça sert d'apprendre l'anglais si vous ne pratiquez pas ? Bon ! Nous allons procéder à la distribution !

Elle a étalé les lettres sur son bureau avec une petite grimace.

— Vos correspondants sont élèves au Herbert College de Londres. Leur professeur de français, M. Smith, est un ami. Évidemment, a-t-elle ajouté en déplaçant, l'air ennuyé, quelques enveloppes, ça ne tombe pas juste ! Il ne faut pas rêver ! Vous êtes moins nombreux et il y a plus de filles chez eux...

— Je ne le sens vraiment pas, ce coup-là..., a continué Jérôme.

— Comment faire ? a soupiré la prof.

Immédiatement, plusieurs élèves se sont tournés vers moi. C'est toujours comme ça !

— Juliette, t'as pas une idée ? m'a demandé Thomas Derry. Tu crois qu'on devrait tirer au sort les Anglais ?

— Je n'en sais rien, moi !

À la place de Mlle Dolle, j'aurais fait ma petite cuisine avant et j'aurais distribué le paquet avec un air qui n'engageait pas à la discussion. Maintenant, c'était trop tard, elle ne contrôlait plus rien.

— On pourrait laisser choisir en premier ceux qui ont la meilleure moyenne, a proposé Élisabeth Morin.

— N'importe quoi ! a rétorqué Jérôme. On ferait mieux de s'occuper des goûts et tout ça. Je fais quoi, moi, si on me donne un correspondant dans ton genre ? Y'a qu'à lire leurs lettres d'abord ! Et j'espère qu'au moins, y'a des photos !

Finalement, Mlle Dolle a envoyé Élisabeth écrire au tableau tous les noms des élèves de la classe sur une colonne, les filles en haut, les garçons en bas.

— En face, nous allons noter vos correspondants ! L'un d'entre vous en aura deux. Qui se propose ?

— Moi, mademoiselle ! a tout de suite dit Élisabeth.

— Ah ! Très bien ! Tu m'enlèves une épine du pied !

La prof a égrené la longue liste des prénoms des Anglaises et des Anglais. Moi, j'ai eu :

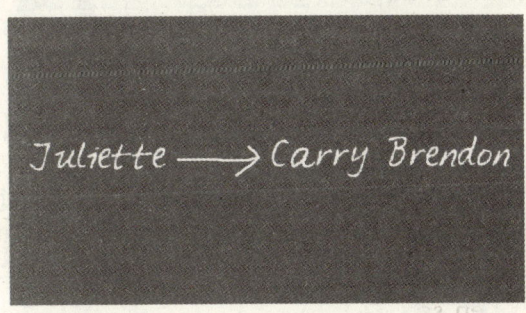

— On y est presque ! s'est réjouie Mlle Dolle. Plus que deux Anglaises à caser ! Quel garçon accepte une correspondante-fille ? Il y a des volontaires ?

Il n'y en avait pas. Il n'y en avait tellement pas que,

d'un seul coup, la prof a pointé du doigt Grégoire et Victor qui rigolaient au fond de la classe.

— Toi ! Et toi ! Vous êtes volontaires !

Ils ont eu l'air étonné mais ils ne suivaient pas assez le cours pour savoir pourquoi ils étaient volontaires. Pour qu'ils protestent (surtout Grégoire), il a fallu attendre qu'Élisabeth s'applique à écrire d'une craie grinçante :

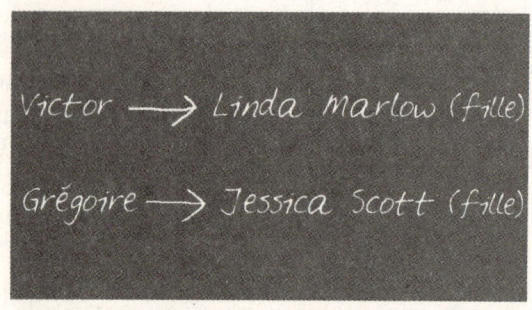

— Doit y avoir comme une petite erreur, mademoiselle ! a dit Grégoire.

Je n'ai pas bien écouté la réponse assez sèche de Mlle Dolle, j'observais l'enveloppe inquiétante qui venait d'atterrir devant moi. Jérôme qui s'était chargé de la distribution a tout de suite résumé la situation :

— Eh bien, ma vieille ! On dirait que t'as gagné le cocotier !

# 16

## Chère courespon,

Même enrhumée, je me serais rendu compte que l'enveloppe était parfumée ! Elle était aussi recouverte de ridicules petits dessins de lapin, partout où il n'y avait pas de cœurs. J'ai inspiré un grand coup avant d'ouvrir et j'ai bien fait.

Le seul point positif, c'est que ma correspondante n'avait pas l'air spécialement douée en français non plus. Quand même ! Tous ces lapins ! Mon voisin Benoît Legaénec regardait aussi sa lettre, l'air effondré.

— Fais voir ? Tu veux bien ?

— Oh ! Si ça t'amuse... ils m'ont refilé un psychopathe !

C'est vrai que même mes lapins semblaient sympathiques à côté de la lettre de Tom Lynch. Sans qu'on comprenne pourquoi, l'Anglais avait dessiné un bateau fantôme avec un grand drapeau pirate et un genre de Tyrannosaurus Rex sous sa signature. Il n'y avait pas un seul mot en français.

— Qu'est-ce qu'il dit ?

— J'sais pas, a soupiré Benoît. J'aime autant pas traduire...

— Regarde la mienne...

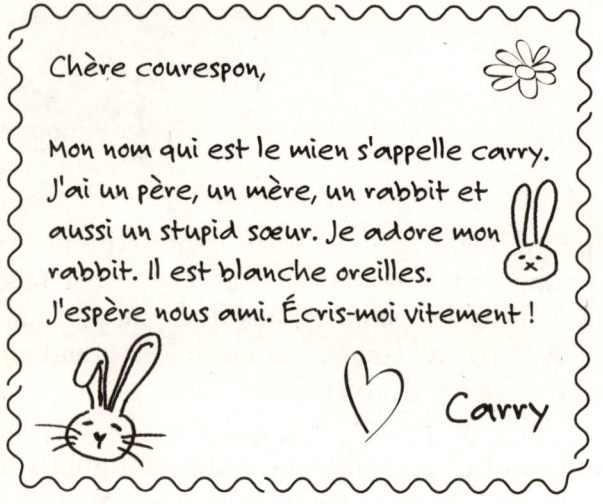

Chère courespon,

Mon nom qui est le mien s'appelle carry. J'ai un père, un mère, un rabbit et aussi un stupid sœur. Je adore mon rabbit. Il est blanche oreilles.
J'espère nous ami. Écris-moi vitement !

Carry

Il l'a lue, il l'a reniflée et il me l'a rendue.

— C'est un concours, ma parole ! Ou peut-être une caméra cachée ! C'est pas possible... Où ils les ont trouvés ?

À l'autre bout de la classe, Jérôme a dû avoir la

même idée au même moment car il s'est levé brusquement en criant :

— Mademoiselle ! Y'a un problème ! C'est quoi exactement le Herbert College ? Je veux dire... nos Anglais, c'est pas des fous, hein ?

Mlle Dolle a eu l'air très étonné, elle ne s'est même pas fâchée du manque de tact habituel de Jérôme.

— Y'a rien dans mon enveloppe, c'est de l'arnaque ! s'est écrié Youri.

Pascaline s'est plainte d'être tombée sur une pipelette :

— Trois pages, mademoiselle ! Trois pages, écrit tout petit rien qu'en anglais ! Je ne peux pas lire tout ça, moi, je lui répondrai en terminale !

Mais, étrangement, beaucoup d'élèves semblaient satisfaits. Il y avait un brouhaha terrible, la prof a dû frapper dans ses mains pour obtenir un peu de silence.

— Bien ! Vous allez lire tranquillement votre courrier et, pour la prochaine fois, je vous demanderai d'écrire votre réponse...

— En anglais, mademoiselle ? l'a interrompue Élisabeth.

— Bien sûr, en anglais !

Le bruit a repris dans la seconde.

— Et si on leur envoyait un mail ? a proposé Jérôme. On va au CDI, on leur fait une réponse groupée, on signe tous et hop ! Au moins, c'est moderne comme communication !

— Non, non..., a dit Mlle Dolle. Moi, je veux que vous ayez une correspondance personnelle ! Écrite à la main... avec un stylo... sur du beau papier...

— Pff... Comme au Moyen Âge ! a grogné Jérôme.
— Mademoiselle ? a vite enchaîné Thomas. Le mien m'écrit en anglais, si je lui réponds aussi en anglais... Y'en a quand même un qui se fatigue plus que l'autre !

Mlle Dolle n'a pas accepté de négocier.

J'ai regardé ma lettre une dernière fois. Qu'est-ce qu'on pouvait bien répondre d'intéressant à un truc pareil ? Je n'avais pas la moindre idée. Dans l'enveloppe, j'ai senti quelque chose de dur. Il y avait encore une surprise, une photo ! Une photo du « blanches oreilles » qui trônait sur un coussin à fleurs avec écrit dessus au marqueur doré :

*My rabbit, je le adore !*

J'avais de moins en moins d'idées.

# 17

## mousseron.g@flop.fr

— Ça n'a pas l'air d'aller ?
— Bien vu !
Sabine m'attendait comme d'habitude, étalée au soleil sur notre banc de la cour des Tilleuls. Elle m'a regardée à travers ses nouvelles lunettes rondes et violettes comme son T-shirt.
— Comment tu les trouves ?
— Super !
— Essaie-les ! m'a-t-elle proposé. Il n'y a rien de mieux pour le moral que les verres colorés. Comme ça, moi, je vois vraiment la vie en rose !
J'ai refusé et elle m'a fait une petite place sur notre banc.

— Raconte alors ! m'a-t-elle dit en tendant son visage au maximum vers le soleil.

Je lui ai résumé notre histoire de correspondants et, pour qu'elle comprenne plus vite, je lui ai montré la lettre de Carry.

— Oui ! Bon ! Ce n'est pas dramatique. Vous allez échanger deux ou trois lettres dans l'année, tu ne vas pas en mourir ! T'auras qu'à lui dessiner des chats !

— Très drôle !

— Allez ! s'est-elle écriée en se redressant brusquement. Fini de faire le lézard, on a du travail !

Et Sabine a aussitôt plongé dans son sac à franges pour en sortir notre carnet de rendez-vous.

— Mardiiii... Midiiii... Voilà ! Gabriel Mousseron, premier rendez-vous... allergie à la campagne !

— C'est tout ? Ça manque de précisions. Qui nous l'a envoyé ? Tu le connais ? Comment il nous a contactées ?

— Par mail..., m'a répondu ma copine en sortant immédiatement une version imprimée du message de Gabriel et de notre réponse.

Maintenant on avait l'habitude de s'occuper de leurs petits problèmes, on commençait à être bien organisées.

```
De : MOUSSE <mousseron.g@flop.fr>
À : SABINE-JULIETTE<sabine-juliette@zoom.fr>
Envoyé : Lundi 4 - 19 : 04
Objet : Demande de rendez-vous

Bonjour, je m'appelle Gabriel Mousseron mais
mes copains m'appellent Mousse. Vous pouvez
```

m'appeler Gabriel. Je suis en cinquième C.
C'est Charles Rey qui m'a dit de vous demander
un rendez-vous, j'ai un vrai problème. Je ne
peux pas détailler trop par mail, ma mère est
du genre à fouiller dans mon courrier. Disons
en gros que c'est un problème d'allergie à la
campagne, je vous expliquerai.

De : SABINE-JULIETTE<sabine-juliette@zoom.fr>
À : MOUSSE <mousseron.g@flop.fr>
Envoyé : Lundi 4 - 19 : 38
Objet : Re : Demande de rendez-vous

Bonjour.
Ton message n'est pas assez précis pour pouvoir décider si on s'occupe ou non de ton cas.
On a l'impression comme ça que c'est un problème familial à 5 euros. Vérifie sur notre
feuille de tarifs, tu la trouveras sur notre
site www.sabine.juliette.com.
On se voit jeudi à midi, cour des Tilleuls,
banc de gauche.
Sois à l'heure !
Sabine et Juliette.
PS : Le premier rendez-vous est gratuit et
n'engage à rien. Si on s'occupe de toi, on te
fera un devis.

— Allergie à la campagne ? On n'a encore jamais
eu ça ? a dit Sabine.
Moi aussi, j'étais intriguée. Mais le mystère allait

être vite résolu, un petit dodu arrivait vers nous à grands pas.

— Sabine ? a-t-il demandé, le sourcil levé.

— C'est moi ! a dit ma copine en souriant gentiment.

Gabriel Mousseron s'est immédiatement tourné vers moi.

— Alors toi... c'est Juliette !

— Bravo ! T'as gagné le droit de rejouer !

J'ai agacé Sabine.

Je lui ai fait un petit signe pour m'excuser. Elle avait raison, même si j'étais énervée depuis l'épisode des lapins, ce n'était pas une façon de parler à un client.

— Qu'est-ce qu'on peut faire pour toi ? ai-je demandé à Gabriel pour me rattraper.

— J'ai imprimé la feuille de tarifs sur votre site internet. Je l'ai bien lue, je pense comme vous que j'ai un problème familial à cinq euros.

Et il nous a tendu la feuille comme si on ne la connaissait pas.

— Merci ! Tu peux détailler un peu ton problème ?

— Oui, je vous explique en deux mots...

Quand les clients commencent comme ça, on sait que ce n'est pas bon signe, mais alors celui-là, quel bavard ! Pire que mon petit frère Mathieu. Avant d'en arriver au vif du sujet, on a eu droit à la description détaillée de sa famille, les prénoms, âges et particularités de ses trois frères. Je me demande même s'il ne nous a pas donné leur poids.

## Sabine et Juliette CONSEILS

# Vous vous sentez nulles ? moches ? mal aimées ?

**Vous avez raison !**
**Venez d'urgence nous consulter !**

- 💡 Conseils en Amour : 10 euros
- 💡 Problèmes familiaux : 5 euros
- 💡 Problèmes scolaires : 6 euros
- 💡 Autres problèmes : 5 euros

- 💡 Relooking (coiffeur et vêtements en sus)
- 💡 Forfait cinq séances Amour et relooking

Un très léger supplément pourra être demandé pour les cas difficiles

# Devis gratuit ! Discrétion assurée !

Sur rendez-vous uniquement, aux heures de récréation.
Banc de gauche, cour des Tilleuls.

— Oui, oui..., répétait régulièrement Sabine.

La sonnerie du deuxième service de la cantine venait de retentir quand il a enfin dit :

— Alors voilà ! Avant, le week-end, on regardait la télé, on jouait à la console. Au pire, on faisait une promenade d'une heure, vite fait, bien fait. C'était le bon temps et puis paf ! mon oncle a acheté une maison de campagne. Il nous invite tous les week-ends. C'est deux heures d'embouteillages-aller, trois heures d'embouteillages-retour pour atteindre le bled. Et encore est-ce que trois maisons, ça fait un bled ?

— Oui, oui..., a répété Sabine.

— Imaginez le paradis... Champs d'herbe verte avec chemins marron qui ne vont nulle part... Vaches blanchâtres posées dans le décor et... une odeur ! mais une odeur ! Ah, çà ! On sent tout de suite qu'on n'est pas en ville !

Sabine a levé les yeux au ciel.

— Tu préfères les gaz d'échappement aux bouses de vaches ?

— Ah oui ! Au moins, y'a pas les mouches !

— Bref, a dit Gabriel sans rire, le pire, c'est la maison, une ancienne ferme. Aaaah... C'est rustique ! Pas de télé, bien sûr. Dans le salon, à la place... y'a une cheminée ! Et ils regardent les flammes en disant que c'est reposant. Tu parles d'un programme ! C'est jaune, ça fume, et pas moyen de zapper ! Il faut que vous m'aidiez à ne plus y aller ! Je craque ! Je peux plus supporter les vaches ni le feu de cheminée !

Il criait presque. Des élèves commençaient à se retourner.

— C'est bon, a dit Sabine. On te prend ! On te prend comme client !

D'un seul coup, il s'est détendu.

— Vrai ? Vous me sauvez la vie !

— Viens demain à la même heure, on t'expliquera ce que tu dois faire.

— Pourquoi pas maintenant ?

— Parce qu'on va déjeuner, mon cher !

Déjà plus détendu, il s'éloignait quand je lui ai crié comme ça :

— Hé, Gabriel ? Dans ta ferme ? Y'a des lapins ?

# 18

# Trop facile !

Il nous restait peu de temps pour déjeuner. On a choisi du poisson, enfin je crois que c'était du poisson, et un yaourt nature. À deux tables de là, Benoît Legaénec essayait de récupérer le dessert de Thomas Derry.

— Hé ! Juliette !

Immédiatement, il s'est levé et il nous a rejointes.

— On n'a que des yaourts nature ! l'a prévenu Sabine en tenant son plateau à deux mains.

— Je m'en fiche ! Je veux seulement parler à Juliette de nos correspondants !

Il s'est installé à notre table sans attendre d'y être invité.

— Vous avez là une mine d'or pour *Sabine et*

*Juliette, Conseils* ! J'ai vu les copains en sortant du cours. Je peux vous dire que je ne suis pas le seul à être prêt à vous engager pour vous occuper du courrier des correspondants ! Vous savez, moi... euh... l'anglais...

— Ben... tu sais... euh... nous... c'est pas mieux !

Benoît nous a quittées un peu déçu et on a pu travailler tranquillement sur le cas « Gabriel Mousseron ».

— C'est d'un facile..., a soupiré Sabine. Trop facile ! C'est ennuyeux les clients comme ça ! Entre nous, ils exagèrent à venir nous consulter avant même d'avoir réfléchi cinq minutes pour régler leur problème eux-mêmes !

Et elle a pris une feuille et un crayon pour dresser la liste les solutions à proposer au client :

— Vomir copieusement dans la voiture à chaque trajet (si possible convaincre un des frères d'en faire autant)
Avantage : effet rapide sur les parents.
Inconvénient : l'odeur de vomi est tenace.

— Être infect avec l'oncle pour lui passer l'envie d'inviter tous les week-ends (casser des objets, ramener de la boue quand le sol est propre, tout critiquer bruyamment, apporter de la musique destroy...)
Avantage : marrant à faire.
Inconvénient : peut être long si l'oncle est patient.

– Faire semblant d'être allergique à tout ce qu'on trouve à la campagne (pollen, poussière, insectes, poil de vache...)
Avantage : les parents s'inquiètent vite.
Inconvénient : les parents peuvent s'inquiéter trop (médecin, examens, piqûres...).
Autre inconvénient : ça donne pas mal de boulot : se moucher souvent, éternuer, se frotter les yeux pour qu'ils soient rouges...

— Ça suffira, non ? m'a demandé ma copine en secouant ses cheveux roux.
— Parfait ! Tu vois, tiens, quand j'y repense... Je crois que tu as raison : s'occuper des correspondants anglais, ça, ça serait un vrai défi !
— Surtout quand on est presque bilingue comme toi ou moi ! a rigolé Sabine.
— Why do you say une chose pareille ? Me, je parle angliche couramment, and you ?
— Oh yes ! Of course ! I am very très très douée !
— Juliette ! s'est écrié quelqu'un derrière moi. Ça alors ! Je n'aurais jamais pensé que vous vous exerciez à parler anglais en dehors des cours ! C'est bien ! Très très bien !
Mlle Dolle qui se dirigeait en trottinant avec son plateau surchargé de desserts, vers la salle de cantine réservée aux professeurs, avait l'air sincère.
— Ça fait plaisir ! a-t-elle ajouté. Même si votre anglais est très approximatif, ça fait plaisir !
On l'a regardée sortir et on a éclaté de rire.
— J'avoue que ça me tente vraiment de m'occuper

des correspondants, a repris Sabine en se levant. Traduire, répondre à leurs lettres, ça risque d'être difficile vu notre niveau mais au moins, ça nous changerait de nos clients habituels. Parfois, j'en ai un peu marre des relookings à la chaîne et des « Gabriel Mousseron » sans imagination ! On en reparle ce soir chez toi ?

— Ce soir ? Chez moi ?

— Tu n'as pas oublié la réunion quand même ?

J'avais oublié. Pourtant, pendant plusieurs jours mon frère avait plus qu'insisté :

— Dans toutes les entreprises, on fait des réunions ! Alors pourquoi pas nous ? *Sabine et Juliette, Conseils*, ce n'est pas une entreprise sérieuse peut-être ?

— Siiii...

Il y a des jours comme ça, il me fait presque regretter de l'avoir engagé comme salarié, même s'il s'occupe avec efficacité de notre site internet et de presque toute la comptabilité.

— Non, non, je n'ai pas oublié ! me suis-je exclamée en regardant Sabine droit dans ses lunettes. À cinq heures, c'est ça ?

On s'est séparées à regret comme toujours. Je suis repartie vers ma salle de cours en traînant un peu les pieds. Je n'aimais pas que depuis la primaire Sabine ne soit pas dans la même classe que moi. Je n'aimais pas non plus avoir deux heures d'espagnol d'affilée. Il n'aurait plus manqué que Mme Lopez nous dise en entrant :

— ¡ *Hola !* Bonne nouvelle ! Je vous ai trouvé des correspondants !

# 19

## Bilan d'entreprise

Quand je suis arrivée à la maison, vers cinq heures, Sabine était déjà là. Elle attendait en rigolant dans l'entrée. Elle aime bien venir chez moi. Depuis que sa grande sœur est partie, depuis qu'elle est seule avec sa mère qui travaille tout le temps, les rares fois où elle en parle, elle dit que, chez elle, c'est vide, c'est trop silencieux. Là, pour le bruit, on était servi ! On entendait des chocs, des bruits de meubles qu'on déplace.

— Ton frère n'est pas tout à fait prêt, m'a expliqué Sabine. Il est marrant, il s'énerve, il court partout. Il m'a demandé un peu de patience. Je ne sais pas ce qu'il mijote mais ça ne va pas être triste !

J'ai eu le temps de poser mon sac et la porte du bureau s'est ouverte brusquement.

— Tatatata ! a crié Mathieu en écartant les bras. Entrez et admirez le travail !

Il avait poussé les meubles contre les murs ; il avait tiré jusque-là, je ne sais pas comment, la table de la salle à manger et installé des sièges tout autour.

— Pas mal, hein ? Ça fait bien salle de réunion ?

— Oh, oui ! Surtout le tabouret blanc de la salle de bains ! C'est maman qui va être contente !

Il n'a pas relevé et il a désigné les feuilles de papier, les stylos, la carafe d'eau et les verres devant chacune des places.

— Et ça ? C'est le détail qui tue, non ? Je l'ai vu à la télé au conseil des ministres !

— Un, deux, trois... six chaises... On attend des nouveaux associés ? a demandé Sabine qui faisait de gros efforts pour ne pas rire.

— Bon, on y va, oui ? les ai-je pressés. Plus vite on la commence, cette réunion à la gomme, plus vite on aura fini !

Mon frère s'est assis en ronchonnant et ma copine m'a lancé un regard noir. J'entendais déjà ces reproches :

— Tu pourrais quand même être plus cool avec Mathieu. J'aimerais bien, moi, avoir un frère comme lui ! D'ailleurs, j'aimerais bien avoir un frère tout court.

À peine installée, je me suis demandé ce qu'on allait bien pouvoir se dire mais, bien sûr, mon frère avait tout prévu. Il s'était assis comme par hasard dans le seul fauteuil vraiment confortable et il a commencé à parler d'une voix plus haut perchée que d'habitude :

— Chère Sabine, chère Juliette, je suis content qu'ait enfin lieu cette première réunion officielle de *Sabine et Juliette, Conseils* ! Certains n'avaient pas l'air de la trouver utile... pourtant quelle vraie entreprise n'a pas sa salle de réunion ? Je vous propose de commencer par un bilan de *Sabine et Juliette, Conseils* depuis... sa création ! Qu'est-ce que vous en dites ?

J'en bâillais d'avance quand Sabine m'a donné un coup de pied sous la table.

— Bonne idée, Mathieu !

— Bien ! Comme l'ordre du jour est accepté à l'unanimité, on y va sans perdre de temps !

Enchanté, mon frère nous a immédiatement distribué des pages imprimées.

Comme si ça ne suffisait pas, il a entrepris de tout lire en détail, bien lentement, en répétant plusieurs fois pour qu'on comprenne vraiment très très bien.

— Mathieu ! Excuse-moi de t'interrompre ! C'est vraiment archipassionnant mais... mais on a une nouvelle demande de clients ! Un cas spécial... On voudrait ton avis !

— Hé ! Oh ! Ce n'est pas à l'ordre du jour !

Même Sabine a eu l'air contente de changer de sujet.

— C'est vrai ! s'est-elle écriée. Les Anglais ! Je vais t'expliquer !

Mathieu s'est renfrogné mais, au fur et à mesure que Sabine parlait, j'ai vu que le projet l'intéressait de plus en plus.

# Bilan d'entreprise

Graphiques réalisés par <u>Mathieu Lambert</u>.
Ces graphiques donnent une idée très précise et très claire des clients depuis la création de l'entreprise :

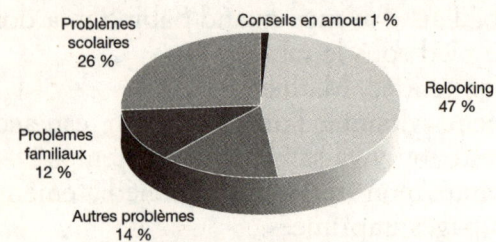

Graphique réalisé par Mathieu Lambert :
<u>la satisfaction des clients !</u>

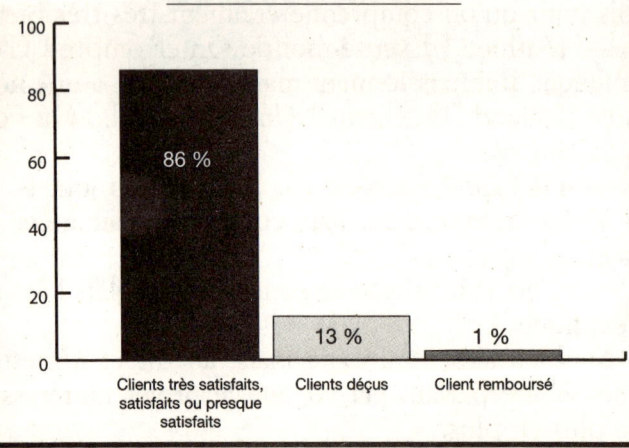

— On pourrait proposer au client une traduction des lettres qu'il reçoit, on pourrait l'aider à trouver des idées pour répondre, et évidemment leur fournir la traduction.

— De la correspondance internationale, ça, ça nous changerait ! a fini par s'exclamer mon frère. Ça me plaît !

J'ai tout de suite calmé un peu le jeu :

— Bien sûr, il faut d'abord qu'on vérifie si on en est capable... On n'a pas un niveau exceptionnel en anglais...

— Pas la peine ! a annoncé mon frère. Si vous êtes d'accord pour casser votre tirelire, j'ai une idée. J'ai mieux qu'une idée, j'ai l'homme qu'il vous faut ! Eh, oui ! Il va falloir engager du personnel !

Et sans attendre, il nous a parlé d'un copain du football, un Américain !

— Un Américain ?

— Un vrai ! Il faut voir grand, les filles, *Sabine et Juliette, Conseils* engagent un traducteur !

Sabine souriait. D'un seul coup, tout devenait simple. Bien sûr, Mathieu devait demander à son footballeur, bien sûr, ça ne serait pas gratuit et, bien sûr, mon frère en a profité :

— Si on se refaisait une petite réunion demain à la même heure, hein ? Je vous donnerai sa réponse...

# 20

# Help !

En attendant l'Américain de Mathieu, il fallait bien que je m'occupe de ma réponse à Carry et à son cher *rabbit*. Je me voyais mal annoncer le lendemain à ma professeur d'anglais :

— Excusez-moi, mademoiselle Dolle, mais je ne vous la rendrai que la semaine prochaine, j'attends mon traducteur !

Dès que Sabine est partie, je me suis isolée dans ma chambre. J'ai pris la lettre parfumée, deux ou trois feuilles de papier, un crayon de bois et je me suis installée sur mon lit. Je me suis relevée une fois pour mettre de la musique et une autre fois pour aller chercher à boire. Je n'étais pas très motivée.

*Chère courespon,*

Ça au moins, Carry comprendrait.

*Mon nom à moi qui est le mien s'appelle Juliette. J'ai aussi un père, une mère et un frère pas stupid du tout. But, j'ai pas de rabbit. Remarque que je ne le regrette pas tellement.*
*J'espère aussi nous ami. Écris-moi quand tu veux !*
*Juliette*

J'ai rigolé. Bien sûr que ça n'allait pas ! Bien sûr que ce n'était pas de l'anglais mais, au moins, j'ai rigolé !

Comme d'habitude, mon frère a pointé son nez à ce moment-là. Il ne reste jamais plus d'une demi-heure sans me faire une petite visite.

— Ça va ?

— Très bien ! Tu veux voir ma réponse à ma correspondante ?

Il a sauté sur mon lit et il a pris la feuille.

— Mais ? a-t-il dit d'un air inquiet. C'est du charabia ? C'est même pas en anglais !

— Aaah ? Et *rabbit*, c'est de l'allemand ? Et *but*... de l'espagnol ?

Je lui ai mis la lettre de Carry sous le nez.

— C'est sûr... Même avec moins d'une heure par semaine en CM 2, on comprend tout. Mais bon, ce n'est peut-être pas une raison pour que tu répondes aussi mal ?

En élève parfait qu'il est depuis le CP, Mathieu était perturbé.

— Hé ! Détends-toi ! C'était pour rire !

— Pouh ! J'aime mieux ça ! Alors ? Qu'est-ce qu'on lui écrit à ta Carry ?

On est retournés dans le bureau pour mieux se concentrer, on a fait ensemble un vrai brouillon.

Une demi-heure plus tard, quand j'ai entendu papa rentrer, je commençais déjà à chercher mes mots dans l'énorme dictionnaire français-anglais de ma mère. On bloquait sur la traduction de la première phrase :

*Ici, il fait très beau mais il paraît que chez vous, c'est atroce car il pleut tout le temps !*

— Papaaa ! Papa ! On est dans le bureau ! a crié Mathieu. Help ! Viens vite ! On a besoin de toi !

— Mais quel bazar ! a dit mon père en poussant difficilement la porte. Votre mère va être folle !

— Ne t'inquiète pas, on va ranger ! C'est promis mais là, on a une urgence !

Papa n'a pas trouvé notre brouillon extraordinaire, il s'est mis tout de suite à critiquer le contenu :

— Juliette, tu dois lui parler de toi, à ta correspondante ! Le temps qu'il fait et les trois quarts de la lettre sur les animaux domestiques, ce n'est pas intéressant pour elle ! Le but, c'est de lui raconter qui tu es, comment tu vis...

— J'la connais pas cette fille, moi, je ne vois pas pourquoi je lui raconterais ma vie ! Et puis je suis sûre que les animaux l'intéressent, la preuve : elle n'en a que pour son lapin !

— Papaaa ! Aide-nous mais ne change pas tout ! a gémi Mathieu.

— Bon... Reprenons ce brouillon...

Évidemment, il n'a pas pu s'empêcher de corriger !

Ça allait très bien comme ça. Papa a accepté de traduire à condition que je participe. Il avait l'air assez content de ce moment avec nous. Il a même plaisanté en reniflant notre brouillon.

— Oh là là ! C'est d'un fade ! a-t-il dit. Tu veux que je te donne de l'eau de toilette ?

Il est sorti en souriant. J'ai commencé à recopier au propre sur du papier à lettres assez élégant de maman. Je me suis appliquée.

Je mettais ma lettre dans l'enveloppe quand Mathieu a poussé un petit cri :

— Hiiiiii ! Le lapin ?
— Quoi le lapin ?
— T'as rien dit sur le lapin !

Heureusement que l'enveloppe n'était pas collée, j'ai ajouté (en français, tant pis !) un petit mot sous ma signature :

*PS : Merci pour la photo ! Ton lapin est très joli, surtout les oreilles !*

Chère Carry,

Je te remercie pour ta lettre. L'odeur était très ~~spéciale. Qu'est-ce que c'est~~ ?
agréable
Ici, il fait très beau, il paraît que chez vous, c'est ~~atroce car il pleut tout le temps~~ ! beaucoup plus humide.
J'ai des parents et un frère de dix ans mais pas d'animal domestique. Mon frère aimerait bien avoir un chien, un très gros, moi je préférerais un chat. J'aime bien les chats parce qu'ils sont indépendants et aussi assez solitaires. Ils aiment bien être tranquilles dans leur coin, tout seuls. ~~Ils ne sont pas toujours après nous, on n'est pas obligés de les sortir, de les emmener en promenade, de leur faire faire des balades ni le tour du pâté de maisons tous les soirs.~~ Est-ce que tu travailles bien au collège ?
J'espère que notre correspondance sera sympa.

À bientôt,
Juliette

## 21

## L'Américain

Le lendemain s'est déroulé sans surprise. On a eu nos cours comme d'habitude ; on a expédié notre rendez-vous avec Gabriel Mousseron sans traîner. Il est reparti content avec sa liste de conseils et il nous a réglé ses cinq euros. Le seul moment réjouissant de la journée a été comme je m'y attendais un peu le cours d'anglais.

Heureusement que papa m'avait aidée car Mlle Dolle a contrôlé toutes nos réponses. Devant son collègue anglais, elle ne devait pas avoir envie de passer pour la prof d'une classe de guignols. Un à un, elle nous a fait défiler devant son bureau.

Pour moi, ça allait. Pour certains, moins.

— Non, Jérôme ! Deux lignes, c'est un peu court... Ah ! Benoît !

Et en lui rendant son brouillon, elle a seulement ajouté :

— C'est une plaisanterie ?

Même de ma place, je distinguais ses dinosaures en couleur. Il est retourné s'asseoir en grognant et je n'ai pas pu m'empêcher de me dire : « Deux clients, deux ! »

Avec Victor, ça faisait forcément trois car Mlle Dolle a tout de suite dit :

— Victor ! Tu trouves ça gentil comme début : « Dommage que tu sois une fille » ?

Pascaline attendait, renfrognée, le verdict de la prof. Ça n'a pas été long :

— Non ! Non ! Les Anglais détestent qu'on critique leur reine et toute la famille royale en général. Si ça t'intéresse vraiment, tu pourras aborder ce sujet avec ta correspondante mais pas en ces termes !

Elle a lu l'extrait de la lettre de Pascaline en anglais, quelque chose comme : *Your queen is too fun with her funny clothes.*

Comme personne ne réagissait, Mlle Dolle a ajouté :

— Dans un anglais très personnel, Pascaline se permet de déclarer que Sa Majesté Elizabeth nous amuse beaucoup avec ses vêtements comiques ! On a vu plus délicat !

— Ce n'est pas délicat mais c'est vrai ! a renchéri Jérôme. Quel look elle a ! La dernière fois que je l'ai vue à la télé, elle était en rose des pieds à la tête ! Même le chapeau !

— Je l'ai vue, moi aussi ! a crié Pascaline. Une

barbe à papa géante ! Ah ! Vous voyez, mademoiselle ! Je n'invente rien !

— Pascaline, ça suffit comme ça ! s'est énervée Mlle Dolle.

Avec Pascaline, ça faisait quatre.

Élisabeth Morin avait rempli deux pages sur du beau papier beige, Mlle Dolle l'a félicitée mais, de toute façon, je ne l'espérais pas comme cliente. En une heure, j'avais repéré quinze clients possibles, quatre sûrs !

Je courais dans le couloir du bâtiment B pour raconter tout ça à Sabine quand Benoît Legaénec m'a appelée :

— Juliette ! Juliette ! T'as un message sur mon portable !

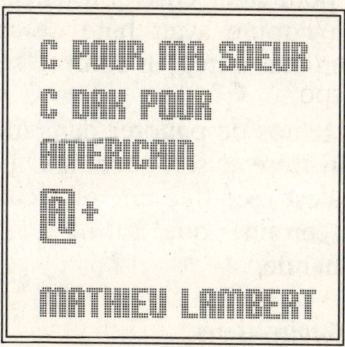

C'est un petit service qu'il me rend de temps en temps. Mes parents trouvent « parfaitement déplacé que les enfants aient un téléphone portable ».

— Un SMS de ton frère ! a précisé Benoît en me tendant l'appareil.

J'étais tellement contente que l'Américain soit d'accord ! J'avais vite compris avec ma première lettre à Carry que sans lui ça ne serait pas possible. J'ai trouvé Sabine dans le hall et je lui ai confirmé qu'on pouvait raisonnablement espérer au moins quatre clients et je lui ai surtout appris la bonne nouvelle.

— L'Américain est d'accord ? J'en étais sûre ! Je suis si impatiente de le rencontrer !

C'était peut-être une impression, mais il m'a semblé qu'elle était plus pomponnée que d'habitude... Un peu comme si, le matin, elle n'avait pas pris par hasard dans son armoire son pantalon le plus slim et son petit haut vert comme ses yeux. Je n'avais pas le temps d'approfondir mais quand on s'est retrouvées en fin d'après-midi pour aller ensemble chez moi, ça s'est confirmé. Ma copine avait hâte de rencontrer un Américain, j'en suis sûre, j'ai compté ses bracelets !

On a eu le temps de papoter dans ma chambre en attendant mon frère et son copain. On n'avait rien à faire, Sabine s'est recoiffée une ou deux fois.

— Tu es certaine que tu ne l'as jamais vu ? m'a-t-elle demandé.

— Qui ça ?

— L'Américain, tiens !

— Ah nan, jamais !

— Je me demande bien à quoi il ressemble... Mathieu a dit qu'il était grand, non ?

— Oui, il l'a dit !

— Tu ne serais pas en train de te ficher de moi par hasard ?

— Moi ? Pas du tout ! Non... mais un Américain, ça doit avoir... une casquette de travers, un pantalon géant... une bouteille de Coca à la main...

— Arrête ! a protesté Sabine en rigolant quand même.

— Il va peut-être arriver en cow-boy !

— Arrête !

— Et peut-être à cheval ! Avec le lasso et le troupeau de vaches !

— Les voilà ! a crié ma copine en entendant du bruit dans l'entrée.

— Meuh !

— Arrête, Juliette !

On a retrouvé tout à fait notre sérieux pour aller l'accueillir. Le couloir était sombre, l'entrée aussi.

— Où vous êtes les filles ? a crié Mathieu.

Autant le dire tout de suite, on a été un peu déçues, surtout Sabine. L'Américain avait un joli sourire, des taches de rousseur comme ma copine, pas de chapeau de cow-boy ni de Coca-Cola mais il ne devait pas avoir plus de douze ans !

— Grand..., m'a chuchoté Sabine. Grand pour ton frère, oui ! On aurait dû se méfier...

— Je vous présente Félix...

— Hello, c'est moi ! nous a-t-il saluées sans le moindre accent.

— On dirait que tu es français ? s'est étonnée Sabine.

— Il est moitié français par son père, moitié américain par sa mère ! a expliqué Mathieu.

Et il a donné une grande claque dans le dos de son copain en ajoutant :

— Et c'est pile cette moitié-là qui nous intéresse, hein ?

— Yes ! a rigolé Félix.

Cela aurait fait meilleur effet de le recevoir dans le bureau pour un premier rendez-vous mais maman qui n'avait pas digéré le bazar de la veille nous l'avait formellement interdit. Nous nous sommes installés dans ma chambre et les choses n'ont pas traîné. Félix était d'accord pour traduire les lettres des correspondants, d'accord pour traduire les réponses à condition qu'on lui prépare les modèles. Il y a eu seulement un petit temps mort quand on a discuté de son salaire.

— Deux euros pour une lettre et sa réponse ? a demandé Félix.

— Un euro..., ai-je proposé.

— Un euro soixante-quinze ?

— Un euro cinquante...

— Tope-là ! a dit en français l'Américain.

On a mis au point le tarif-clients, on a mis au point la fiche de renseignements à faire remplir aux élèves pour la réponse à leurs correspondants. Il suffisait ensuite d'envoyer tout ça par internet à nos futurs clients. On n'avait pas intérêt à lambiner avant le retour de ma mère car on devait bien sûr utiliser l'ordinateur... l'ordinateur du bureau.

Pour aller plus vite, on leur a envoyé un e-mail groupé :

```
De : SABINE-JULIETTE<sabine-juliette@zoom.fr>
Cc : b.legaenec@zol.fr ; brun@ael.com ; pas-
caline@zoom.fr ; jf@wom.fr ; youri@wanadoo.
```

fr ; tsbh.derry@ael.com ; chloév@zoom.fr ;
elie@zol.fr ; kev@wom.fr ; loïc@zoom.fr
Envoyé : Mardi 5 - 19 : 38
Joindre : Commande-traduction.gif
Objet : Traduction

Chers clients et futurs clients... bonne nouvelle !
*Sabine et Juliette, Conseils* ont le plaisir de vous annoncer que tous vos soucis avec les correspondants anglais sont désormais un mauvais souvenir !
*Sabine et Juliette, Conseils* vous proposent : **les services d'un vrai traducteur américain ! ! !**

Pour une somme modique (c'est-à-dire pas chère), nous traduisons les lettres de vos Anglais et nous préparons (en anglais !) vos réponses. Oui ! Vous ne rêvez pas, chers clients, vous avez bien lu !
Veuillez imprimer la fiche jointe et nous la remettre dès jeudi matin, cour des Tilleuls, banc de gauche.
Discrétion assurée dans l'intérêt de tout le monde !

Vos dévouées,
Sabine et Juliette.

Nom :                    Prénom :
Nom et prénom de votre Anglais : _____

Vous désirez une lettre :
☐ courte à 3 euros    ☐ longue à 4 euros
Vous préférez que votre lettre soit écrite à l'encre :
☐ bleue         ☐ violette
☐ noire         ☐ autre, précisez

Écrivez ici deux lignes pour nous donner une idée
de l'écriture à imiter :
........................................................................
........................................................................

N'oubliez pas d'indiquer votre signature :

☐

Souhaitez-vous quelques fautes ?
☐ oui    ☐ non

Désirez-vous une lettre :
☐ drôle      ☐ sérieuse
☐ gentille   ☐ aucune importance

Désirez-vous que l'on dise quelque chose de
particulier à votre Anglais ?
☐ non    ☐ oui, précisez ..........................................

*Supplément à 1 euro pour quelques dessins.
Précisez (cœurs, paysages, lapins, autres...)

MERCI DE FAIRE SUIVRE À CEUX QUI N'ONT PAS
INTERNET !!!

## 22

## Pour une fois qu'on rigole !

Le succès a été immédiat. Une quinzaine d'élèves se tenaient devant notre banc.

— Il va falloir qu'il arrête le foot un moment, le Félix, peut-être même l'école ! m'a soufflé Sabine en prenant la fiche, la lettre et les trois euros de Jérôme Flesch. C'est chouette ! Tu as vu comme ça marche ?

Évidemment, la plupart n'étaient venus que par curiosité. Je me doutais que certains essaieraient aussi de discuter les tarifs.

— Ça me plairait bien d'avoir ça de moins à faire mais le problème, c'est le prix..., a commencé Kévin.

— Quand même... trois euros ! a protesté Jérôme.

C'est raisonnable comparé à ce que tu dépenses en mangas !

Je l'ai remercié. Il n'y a pas beaucoup d'élèves comme Jérôme Flesch, prêts à investir autant dans leur avenir, même si cela ne se voyait pas encore dans ses résultats scolaires.

Les curieux et les économes ont donc fini par s'éloigner et on s'est retrouvées avec seulement quatre élèves, mais les plus motivés ! À voir l'air réjoui de Benoît, Pascaline, Victor et Jérôme Flesch, je me suis même dit qu'on aurait pu aller sans problème jusqu'à cinq euros.

— Surtout vous parlerez bien de ce que j'ai noté en bas ! a insisté Jérôme dès qu'on a été au calme.

Désirez-vous que l'on dise quelque chose de particulier à votre Anglais :
❒ non. ☒ oui, précisez : « Dites-lui que je suis le meilleur de la classe à l'aise ! Que j'ai une voiture de sport vu que j'ai déjà le permis de conduire par dérogation superspéciale du commissariat de police où j'ai des amis. Que je fais du cinéma (sous un faux nom bien sûr), qu'il a dû me voir dans Harry Potter et le dernier James Bond. Dites-lui bien que c'est un secret à ne pas répéter (pour qu'il le dise à tous les autres). Pour une fois qu'on peut les faire baver d'envie, les Anglais, je vais pas me gêner ! »

— Jérôme... T'en fais pas trop, là ? lui a demandé Sabine.

— Pour une fois qu'on rigole !

Bien sûr, tous les autres clients ont voulu voir sa fiche et, bien sûr, ils ont tous voulu faire la même chose.

— Pour rigoler aussi..., a dit Pascaline.

J'aurais préféré que cela reste sérieux mais Sabine s'amusait. Benoît a inventé qu'il habitait dans un château, « c'est super pour les rollers, un peu nul pour le ménage » ; Victor a menti alors que j'aurais parié qu'il en était incapable : « ça tombe bien que tu sois une fille, je m'entends mieux avec elles. Je ne sais pas pourquoi, elles me tournent toujours autour comme des mouches ».

— On traduira abeilles plutôt que mouches, non ? C'est plus élégant comme image !

— Si vous voulez, pourvu que ça tourne !

Ils pouffaient comme des idiots. Même Pascaline, d'habitude plus réservée, devenait fofolle : « À mon Anglaise, vous direz que je ne peux pas écrire souvent car je n'ai pas beaucoup de temps, à peine celui d'aller au collège depuis que je suis chanteuse et que j'ai enregistré un disque. »

Jérôme et Benoît Legaénec ont hurlé de rire, Victor l'a fixée avec étonnement.

— Un disque ?

— Eh ben ! Faudra envoyer en vrai un CD avec ton nom et ta photo sur la pochette ! a ajouté Jérôme.

Il s'est figé un instant et il m'a regardée avec un air bizarre.

— Une photo... Une photo... Ça nous coûterait quoi comme supplément des photos un tout petit peu arrangées par ordinateur ?

## 23

## Ô Victor

Deux euros ? Trois euros de supplément ? En comptant le prix du papier photo et le temps de scanner, de manipuler les images avec le logiciel spécial et d'imprimer, on ne pouvait pas tellement faire moins. Rien que pour incruster la photo de Benoît Legaénec à une fenêtre de son château (Chenonceaux), Mathieu a bien mis une heure.

— Ouh là ! a protesté mon frère. Je vais avoir du mal à finir pour lundi.

Sabine l'aidait comme elle pouvait, moi, je n'étais pas très disponible.

En échange de l'autorisation d'utiliser à nouveau le bureau, j'avais promis à maman de m'occuper du déjeuner en entier (table et débarrassage compris). Je ne suis pas comme Mathieu, je déteste cuisiner. J'enrageais ! Sabine fouillait dans les magazines, elle cherchait une photo du dernier Harry Potter ou d'un James Bond assez récent pour que Mathieu y incruste la photo du Jérôme-acteur pendant que moi, j'épluchais la salade !

Sympa, ma copine faisait sans cesse le va-et-vient entre la cuisine et l'ordinateur pour me raconter.

— Qu'est-ce que tu penses de celle-là ? On voit bien James Bond, on pourrait mettre la tête de Jérôme à la place de celle du petit monsieur qui le menace avec son revolver ?

— Ça me semble bien.

Il y avait peut-être mieux à trouver mais je devais me dépêcher de faire ma vinaigrette.

On a déjeuné tous ensemble. Ils ont fait semblant de trouver le repas réussi sauf mon frère.

— Trop salées, tes pommes de terre...

— C'est très bon, l'a corrigé maman.

— Oui ! a dit Sabine. La salade... euh... la salade est très bien épluchée !

— Ah, ça ! Très bien ! a renchéri papa. Et le jambon blanc est...

— Très rose ! a rigolé Mathieu.

Là, je crois bien que je me serais fâchée si mon frère n'avait pas eu à terminer la fausse pochette du faux CD de Pascaline :

**Pascaline, enfin la compil !**

Maman s'était radoucie.

— Vous avez l'air terriblement occupés aujourd'hui ?

Ça voulait dire : « On peut savoir ce que vous traficotez encore ? » mais ce n'est pas son genre de poser des questions directes.

— Énormément ! lui a répondu Mathieu.

Moi, j'ai dit : « Hon ! Hon ! » et Sabine rien du tout.

On évite toujours de leur parler précisément de ce qu'on fait pour *Sabine et Juliette, Conseils*.

— Bon ! s'est exclamée maman. Comme je n'en saurai pas davantage... filez ! C'est moi qui débarrasse !

C'était très gentil et ça tombait bien, car on n'était pas trop de deux pour écrire les faux billets d'amour soi-disant reçus par Victor. Il tenait absolument à envoyer à sa correspondante anglaise dès son premier courrier des faux mots doux de ses fausses admiratrices comme preuve de son charme irrésistible.

Je n'aime pas passer pour une prétentieuse mais le lundi matin, la satisfaction de nos quatre clients faisait plaisir à voir. Félix avait fignolé ses traductions le dimanche après-midi, et non seulement on leur rendait dans les délais leurs lettres traduites, avec leur écriture très bien imitée mais nos montages-photos, notre pochette de CD et les petits mots de Victor étaient très réussis.

Victor a lu et relu les messages de ses admiratrices avec enthousiasme.

Tu ne sais pas qui je suis mais, moi, je sais très bien qui tu es. Je te regarde tout le temps dans la cour mais, toi, tu ne me vois jamais.

❀ Anonyme

Ô Victor
Je pense à toi
encore et encore
Et je sais que j'ai tort
Mais je t'adore
Même quand je dors.
M. qui t'M

Message pour Victor Brun,
merci de faire passer :
Qui tu sais a dit à V. que
sa sœur voulait sortir avec
toi mais V. lui a répondu
qu'elle n'avait aucune chance
vu que Lise et Carine se
battent déjà pour que tu
les remarques !

Victor,
Je t'attendrai
mercredi devant la
piscine. Et tant pis
si tu ne viens pas
comme la semaine
dernière et la
semaine d'avant
celle d'avant, je
t'attendrai quand
même !
Lucille

— Super le poème ! Et l'autre qui m'attend à la piscine... Aaaah... Si seulement c'était vrai ! a-t-il soupiré.

Soudain, il a blêmi.

— Mais... ma correspondante ne va pas les comprendre !

— Bien sûr que si..., l'a rassuré Sabine. Notre Américain les a traduits dans ta lettre ! Qu'est-ce que tu crois ? On fait les choses sérieusement !

Victor a retrouvé immédiatement sa bonne humeur mais pour peu de temps.

— Et si la prof veut tout lire comme l'autre jour ?

— Tout est prévu, a continué Sabine. Au cas où, nous avons préparé quatre fausses lettres parfaitement gnangnan qui devraient beaucoup plaire.

— Wahou ! C'est vrai que vous êtes des pros !

— Merci !

Sabine leur a lu un extrait des fausses lettres, rien qu'un extrait car c'était très ennuyeux.

Pascaline, Victor, Benoît et Jérôme avaient le sourire en rangeant les lettres dans leurs sacs. Mathieu pouvait refaire ses graphiques sur la satisfaction des clients, ce jour-là, on devait friser les 100 % !

Au cours suivant, Mlle Dolle n'a pas vérifié les courriers, elle a ramassé les lettres et elle nous a annoncé que nous ferions les envois suivants directement au domicile de nos correspondants. Elle nous a distribué rapidement leurs adresses, elle voulait absolument avoir le temps de nous interroger sur sa dernière liste de verbes irréguliers.

— Mademoiselle, vous pensez que les correspondants nous répondront vite ? lui a quand même demandé Élisabeth.

— C'est vrai, ça ! a renchéri Jérôme. Faudrait pas qu'ils nous fassent attendre pendant des siècles ! On peut peut-être leur envoyer en urgent ?

— Jérôme ! s'est exclamée joyeusement la professeure. Toi qui ne voulais pas communiquer ! Te voilà bien impatient ?

— Ah ! Si vous saviez !

Un truc bizarre est passé dans le regard de la prof, un genre d'inquiétude. J'ai cru qu'elle allait prendre le paquet d'enveloppes, peut-être y repêcher celle de Jérôme, peut-être la lire, peut-être la lire à toute la classe...

— Mademoiselle ! me suis-je écriée. Mademoiselle !

— Juliette ?

— Vous voulez bien m'interroger en premier sur les verbes irréguliers ?

## 24

## Attendre...

Attendre, il n'y avait plus que ça à faire.

On se doutait bien que les élèves anglais n'étaient pas très différents des élèves français, c'est-à-dire pas très pressés de communiquer.

Presque deux semaines plus tard, parmi les premières réponses à arriver, il y a eu celles de nos clients et ça nous a fait plaisir après le mal qu'on s'était donné. Sans vraiment réfléchir, j'ai accepté la proposition de mon frère de tous nous réunir chez nous « pour faire plus simple ». À mon avis, il n'avait surtout pas envie qu'on règle tout ça sans lui. J'ai accepté. Vu le travail qu'il avait fait pour nous, c'était difficile de lui refuser et puis avec les clients, ça ne posait pas de problème. Au collège, tout le monde le connaît. Je dois être la seule troisième que son petit frère attend régulièrement à la grille !

Ce vendredi-là, à dix-sept heures précises (maman va à son cours de gym), Sabine, nos clients et notre traducteur sont arrivés en même temps. Nous nous sommes réinstallés dans le bureau.

— Suivez-moi dans la salle de réunion ! a lancé Mathieu. Prenez place !

C'était un peu moins luxueux que la première fois mais la table de la cuisine faisait bien l'affaire.

À peine assise, j'ai pris la parole :

— Je vous présente Félix, notre traducteur...

Félix a adressé un petit signe de tête à l'assemblée.

— Félix a lu et traduit le dernier arrivage. Félix, tu peux y aller...

Il nous a fait un bref résumé de la situation : la correspondante de Pascaline avait hâte d'écouter son disque, celle de Victor réclamait d'urgence une photo, le correspondant de Jérôme était désolé mais il n'allait jamais au cinéma et celui de Benoît Legaénec envoyait une photo de son château à lui.

— Je pense que nous allons avoir un problème avec le correspondant de Benoît, a ajouté Félix. Je crois que Tom Lynch a tout pigé !

Il nous a tendu la photo du château.

— Je le reconnais, c'est Buckingham Palace, le palais de leur reine !

— Le rat ! Le malhonnête ! a protesté Benoît. Et qu'est-ce qu'il a écrit là ?

Félix a hésité un instant :

— « This is my own castle ! It's nice, three hundred bedrooms in central London, but it's a bit tiny since I got a little brother... » euh... en gros, ça veut dire : Voilà mon château à moi ! C'est extra, trois cents pièces en plein centre de Londres mais on est un peu à l'étroit depuis que j'ai eu un petit frère !

— Ouais ! s'est écrié Benoît. Il a pigé et il se moque en plus !

On l'avait pourtant prévenu de choisir plus modeste que Chenonceaux mais il n'avait rien voulu savoir.

— Pas question de perdre la face, a décidé Benoît. On va le faire douter, l'Anglais ! Mathieu... Félix... Vous avez de quoi noter ? Je dicte !

En parfait secrétaire de réunion, mon frère a distribué blocs et stylos.

— Notez ! « Cher Tom, je suis enchanté d'apprendre que tu vis aussi dans un château. On a la même vie, on aura moins de mal à se comprendre même si tu es anglais ! Mes ancêtres qui ont fait construire ce château étaient des grands seigneurs et des sacrés guerriers. Ce n'est pas impossible comme tu fais partie de la famille royale, qu'ils aient, sur leurs bateaux de guerre, collé une dérouillée aux tiens sur les océans ! »

— Où tu vas, là ? a protesté Sabine.

— Je communique... exactement comme a dit la prof ! Communiquer, ça ne veut pas dire écrire que des choses aimables, non ? Mathieu ? Félix ? On continue !

Sabine et moi, on a préféré s'occuper de Victor qui montrait sa lettre à Jérôme Flesch dans un coin du bureau.

Londres, mars le 17,

Cher Victor,

Je remercie toi pour ton gentille lettre. Je comprends bien les filles toujours vouloir être avec toi. Peut-être tu es très beau ? Peut-être tu es très intelligent ? Peut-être tu es très rigolote ? Je suis très contente si tu envoies à moi une photo.

Moi je suis vraiment très trop timide pour parler aux garçons ou pour leur donner des mots secrètes et des poèmes d'amour. Je regrette ça beaucoup. Trop timide, c'est triste.

Linda ++

— Alors, tu arrives à la déchiffrer ? lui ai-je demandé.

— C'est en français, et ma correspondante écrit plutôt bien..., a dit Victor en souriant gentiment.

— Elle a l'air sympa, a dit Sabine. Tu vas lui envoyer une photo ?

— Je pense, oui...

— Tu fais comme tu veux, est intervenu Jérôme, mais moi, j'en enverrais une normale, pas une traficotée. T'es pas horrible mais comme t'es pas non plus Brad Pitt, ta Linda va se dire : « Puisqu'il n'est pas très très beau, le Victor, c'est qu'il est encore plus intelligent et rigolote que je croyais ! »

Voilà que Jérôme, un client, m'enlevait les mots de la bouche ! C'était quand même à moi et à Sabine de donner des conseils ! Ma copine a soulevé ses cheveux bouclés d'un geste vif, faisant tinter sa dizaine de bracelets, signe qu'elle s'énervait aussi. Maintenant, Mathieu et Félix notaient sans nous demander notre avis ce que leur dictait Benoît, en arrière sur sa chaise, les deux pieds sur la table ; Jérôme conseillait Victor ; assise sur la moquette, Pascaline fouillait dans mes disques qu'elle était allée chercher dans ma chambre pour son prochain envoi. J'ai décidé que c'était la dernière des dernières réunions de ce genre à la maison. On n'était plus une entreprise de conseils, on ressemblait davantage à des copains de classe qui font un travail en commun. N'importe quoi !

— Ce n'est pas du boulot, ça ! m'a chuchoté Sabine. C'est pas digne du tout de *Sabine et Juliette, Conseils* ! Il faut reprendre les choses en main !

Ça leur a fait l'effet d'une douche froide. Je leur ai annoncé à tous qu'à partir de ce moment-là, ils ne rencontreraient plus directement notre traducteur et encore moins mon frère, que toutes les lettres se prépareraient individuellement et passeraient par nous comme prévu !

— On ne peut pas travailler comme ça ! a insisté Sabine. Vous ne nous avez quand même pas engagées pour bricoler comme des amateurs ?

— Non... mais...

— Dans votre intérêt, on va devoir reprendre nos bonnes vieilles méthodes ! C'est à prendre ou à laisser si vous voulez qu'on continue à s'occuper de vous ! Vous allez déposer vos lettres sur la table et on vous contactera un à un pour les réponses.

— Mais... Félix ? T'en penses quoi, toi ? a tenté Benoît.

— Sorry, mon vieux, lui a-t-il répondu en anglais. C'est les filles, les chefs !

## 25

## Correspondants anglais

Il n'y a plus jamais eu de réunion collective de *Sabine et Juliette, Conseils*.

Nous avons constitué un dossier *Correspondants anglais*, lequel comprenait quatre sous-dossiers clients.

On envoyait chaque nouvelle lettre à peine arrivée à la traduction, on transmettait la traduction à chaque client, on l'aidait à préparer sa réponse qu'on renvoyait aussitôt à la traduction. Une copie de chaque courrier rejoignait nos dossiers.

Tout était trié, rangé, organisé.

C'était sans doute moins rigolo comme façon de travailler mais c'était plus efficace !

Ce dimanche-là, Sabine et moi, on a jeté un œil au dossier *Correspondants anglais*.

CONSEILS

# CORRESPONDANTS ANGLAIS

## DOSSIERS-CLIENTS :
- Victor Brun
- Benoît Legaénec
- Pascaline Damiot
- Jérôme Flesch

# Correspondance
## Victor Brun – Linda Marlow

Nogent-sur-Marne, le 22 en mars,

Chère Linda,

*À faire traduire par Félix*

Je suis très content que tu sois une fille, ne t'inquiète pas. Je t'envoie une photo. Je ne sais pas ce qui plaît en moi aux filles, c'est comme ça.

Désolé pour toi si tu es timide. Moi, je ne le suis pas du tout, vraiment pas, mais j'imagine comme ça doit être dur par moments de ne pas pouvoir dire ce qu'on pense ou avouer à quelqu'un qu'on l'aime bien. Être tout seul dans son coin alors qu'on a envie d'être avec les autres et de rigoler, c'est pénible. Enfin, j'imagine bien sûr.

À bientôt
Victor

PS : On dit « rigolo » pour un garçon, pas « rigolote » !

London, mars le 30,

Cher Victor,

Je te remercie beaucoup pour le photo. Je te trouve très joli. Oh ! Je jamais cru qu'un jour je dis ça à une garçon ! Hier en classe, on parle de nos français correspondants. Moi j'ai chance mais beaucoup veulent déjà changer de correspondants !
Est-ce vérité que un fille de ta classe est chanteuse ? Betty raconte ça partout ! Est-ce qu'elle amoureuse de toi aussi ? Je suis étonnée que tu connais si bien les timides. Est-ce qu'il y a timide dans ta famille ?

À rendre à Victor
Traduction OK

Bye !
Linda+++

Nogent-sur-Marne, le 9 avril,

À faire traduire par Félix

Ma chère Linda,

Merci de le dire mais je ne suis pas si beau que ça. Si j'osais je te demanderais bien une photo aussi mais tu n'es pas obligée.

Non, il n'y a pas de timide dans ma famille. J'imagine, c'est tout !!!

Tu ne devrais pas être triste d'être timide. Moi, je trouve que ça donne du charme aux filles ! Est-ce que tu connais le garçon qui correspond avec le Jérôme Flesch (avec un s devant le ch) de ma classe. J'ai l'impression qu'il n'aime pas tellement communiquer comme dit ma prof ?

À très très bientôt,

Victor

PS : Pourquoi tu mets des croix à côté de ton prénom ?

*À rendre à Victor*
*Traduction OK*

London, avril le 12,

Mon très ami Victor,

Ta lettre fait beaucoup de plaisir à moi ! C'est extraordinaire que garçon comme toi (avec beaucoup succès) pense les filles timides ont charme ! Je n'ai pas encore envoyé mon photo. Bientôt !
Oui, je connais le correspondant de ton Jérôme Flesch. Lui s'appelle John, il est énervé et fait toujours le fou en classe. Et ton Jérôme ? Tu n'as pas répondu si fille de ta classe est chanteuse ? C'est secrète ?

Bye !
Linda++++

Ps : Les petits croix, ça veut dire amitié, beaucoup de croix, c'est beaucoup d'amitié !

De Sabine et Juliette à Victor :
Merci de répondre que pour Pascaline, c'est un secret !

Nogent-sur-Marne, le 21 avril,

À donner à Félix pour traduction

---

Ma chère Linda,

J'étais très content de recevoir si vite une réponse. Je regarde tout le temps dans la boîte aux lettres ! Ce n'est pas grave pour la photo. Ce que j'aimerais bien maintenant, c'est que tu me parles un peu de toi !

Ton ami,

++++++Victor +++++++++++

Message pour Sabine et Juliette :
Pas d'accord pour raconter des mensonges à Linda même pour arranger les affaires de Pascaline

De Sabine et Juliette à Félix :
Ajoute quand même : « Oui ! Pascaline est chanteuse mais c'est secret ! »

# Correspondance
## Jérôme Flesch - John Cruise

Salut John !

À faire traduire par Félix

Je suis hyperétonné que t'ailles pas au ciné ! C'est pas grave, dans un an ou deux mes films passeront sûrement à la télé. Bon, ben, je te laisse, je dois préparer mes bagages, j'ai un tournage demain, un film qui se passe dans le futur avec des robots et tout le bazar ! À plus !

Fait en France le 22 mars,
Jérôme

Traduction OK
à rendre à Jérôme

Salut

J'ai pas la télé.
Moi, j'aime pas les histoires. Les livres et les films, c'est que des trucs inventés, que du faux !

John

*Conseil de Sabine et Juliette à Jérôme :*
Essaie autre chose que le cinéma. Le sport ?

---

À faire traduire par Félix

Bonjour John,

Le prends pas mal mais j'ai trouvé ta dernière lettre un peu sèche ! Si t'as pas envie d'un correspondant, tu devrais peut-être le dire à ton prof. Nous, on est obligés !
Au fait, est-ce que tu aimes le sport ?
Fait en France le 9 avril,
Jérôme Flesch

PS : Tu pourrais peut-être répondre en français, non ? Et mettre la date, nous, on est obligés aussi.

Angleterre, le 14 avril,

<u>Traduction OK
À rendre à Jérôme</u>

*Qu'est-ce que tu crois ? Nous aussi, on est obligés de vous écrire ! Le prof de français n'est pas un comique. Et non, j'écris pas en français parce que ça, il n'a pas pensé à nous le dire ! C'est sûrement parce que notre langue à nous, elle est parlée dans le monde entier pas comme certaines ! Et non, j'aime pas le sport.*

*John Cruise*

*PS : On a écouté le disque de votre chanteuse en classe, elle braille comme un chat affamé !*

<u>Conseil de Sabine et Juliette à Jérôme :</u>
Courage ! Tu as vu ? Il est quand même plus bavard que d'habitude !

# Correspondance
## Pascaline Damiot – Betty May

Nogent-sur-Marne, le 22 mars,

À faire traduire
  par Félix

Chère Betty,

Je dois d'abord te dire qu'il est possible que je n'écrive pas très souvent. Il ne faut pas m'en vouloir, je suis archi-débordée !!!!! C'est à peine si j'ai le temps d'aller au collège !

Essaie de le garder pour toi, mais j'ai une drôle de vie, je suis chanteuse et je viens d'enregistrer un disque !!!!!!!

Bon ! Essaie de garder le secret, je sais que c'est difficile !!! Tout le monde n'a pas une vie extraordinaire comme la mienne !!!!!!

Et toi ? Qu'est-ce que tu fais dans la vie ?

Amicalement,
Pascaline

De Sabine et Juliette à Pascaline : C'est super. Mais vas-y doucement avec les points d'exclamation !!!

London, march, the 30th,

*Penser à dire à Félix de tout traduire !*

My dear Pascaline,

C'est foooooormidable !!!!! Génial !!!!
Ça alors ! Quelle chance j'ai d'avoir une correspondante chanteuse !!! Je vais garder le secret même si ce n'est pas évident ! Promis !
Est-ce que tu peux m'envoyer ton disque ? S'il te plaît ! Je t'en supplie ! Je ne le ferai écouter à personne ! C'est promis !
Bise !

Betty ta correspondante préférée !!!!

Rectification de Sabine et Juliette pour Pascaline :
Fais comme tu veux pour les points d'exclamation.

À rendre à Pascaline
Traduction OK

Nogent-sur-Marne, le 9 avril,

My dear Betty, comme tu dis !
Je t'envoie mon CD, j'espère qu'il te plaira !!!!
Pas le temps de détailler, j'ai un concert ce soir !!!!!! À plus !!!

À faire traduire par Félix

Pascaline.

---

London, april, the 14th,

Ma chère Pascaline,
Merci ! Merci ! Merci beaucoup !
J'adooooore ton disque ! Surtout la chanson : « Je t'aime, je t'aime… » !!!!!
Ah vraiment j'ai de la chance !!!!
Je fais court, je ne veux pas te déranger.
Merci encore !

À rendre à Pascaline
Traduction OK

Betty

— Ce n'est pas très correct d'ajouter quelque chose sur la lettre de Victor derrière son dos, m'a reproché Sabine. Puisqu'il ne veut pas mentir à sa Linda !

— Ce n'est pas très grave... et puis, c'est pour Pascaline ! Toi, tu ne te gênes pas pour arranger les lettres de Benoît ?

— Ce n'est pas pareil, c'est pour adoucir les choses...

J'avais du mal à la contredire. On préparait le courrier à traduire pour Félix. C'est vrai que les lettres de Benoît auraient tourné à l'insulte sans l'intervention de Sabine mais c'était toujours plus vivant que celles de Jérôme Flesch et de John Cruise !

Sabine a refermé le sous-dossier en poussant un soupir.

— Jérôme ne nous a pas encore donné sa réponse. Bah ! Je le comprends, il est mal tombé ! Et pourtant, il fait des efforts ! C'est moche pour lui. Et Pascaline ? Où on en est ?

Elle a immédiatement ouvert son sous-dossier.

— Tu vois qu'on a eu raison de choisir ce vieux CD de Laura Fabien ! Je t'avais dit que personne ne la connaît en Angleterre ! s'est réjouie Sabine en parcourant la dernière lettre du dossier-client de Pascaline. Toujours en train de critiquer mes goûts ! Bon ! Eh bien, tout ça va très bien !

Elle a refermé le sous-dossier et l'a déposé à sa place sur l'étagère.

— Au fait... Et toi, Juliette ? Tu ne me parles jamais de ta correspondante ? Je n'ai pas encore compris pourquoi tu as refusé que Félix s'en occupe ! Elle est toujours dans le lapin ?

— Toujours !

— Et le parfum ? Elle continue ou elle a fini la bouteille ?

J'ai souri mais je n'ai pas répondu. De lettres en lettres, je finissais par m'habituer à Carry et j'appréciais beaucoup qu'elle m'écrive en français. Elle parlait de moins en moins de son lapin et de plus en plus d'elle et ce n'était pas mal, finalement, d'apprendre des trucs sur sa vie de tous les jours. Maintenant, même à Sabine, je n'avais pas tellement envie de montrer nos lettres. Après tout, le courrier, c'est personnel !

# 26

## On fait comme ça !

Avant qu'elle rentre chez elle, je voulais, ce soir-là, parler à Sabine d'un e-mail déjà vieux de la veille.

— On a reçu ça hier, lui ai-je dit en ouvrant notre messagerie à l'écran. On a peut-être du travail... Je voudrais que tu le lises...

— Un garçon ?

— Une fille ! On a le temps maintenant que ça roule pour le dossier *Correspondants* ?

— On a le temps !

De toute façon, on l'aurait pris. *Sabine et Juliette, Conseils* ne refusent jamais un ancien client, question de principe. Sophie-Charlotte Duchaussoy avait déjà fait appel à nos services au tout début de la création de notre entreprise, pour un *relooking* pas très réussi en plus. Ça ne s'oublie pas !

Ce n'était pas étrange du tout que Sophie-Charlotte ne soit pas venue nous parler au collège et encore moins devant tout le monde sur notre banc. Elle est comme ça depuis toute petite, discrète, réservée, très classique comme dirait ma grand-mère. Quand on connaît sa famille, c'est normal. Mme Duchaussoy, c'est du concentré de classique.

```
De : HUBERT DUCHAUSSOY <duchaussoy@abol.com>
À : SABINE-JULIETTE<sabine-juliette@zoom.fr>
Envoyé : Mardi 22 – 05 : 08
Objet : J'ai un problème

Bonjour Sabine, bonjour Juliette,
J'utilise la messagerie de mon père, j'espère
qu'il ne s'en apercevra pas, ils dorment. Je
ne sais pas très bien m'en servir. J'ai un pro-
blème avec mes parents, ou plus exactement
avec ma mère. Elle est très gentille avec moi
mais elle ne veut plus que je voie mon ami
Antoine. Je connais Antoine depuis des
années, ça me fait beaucoup de peine. Vous pou-
vez m'aider ? Est-ce que je peux vous voir dans
un endroit plus discret que sur votre banc ?
J'espère vraiment que vous pourrez m'aider !
Sincèrement,
Sophie-Charlotte
```

De : SABINE-JULIETTE<sabine-juliette@zoom.fr>
À : HUBERT DUCHAUSSOY <duchaussoy@abol.com>
Envoyé : Mercredi 23 – 16 : 32
Objet : J'ai un problème

Bonjour Sophie-Charlotte,
Bien sûr que nous allons t'aider ! On n'oublie pas nos premiers clients ! Évidemment, tu auras une réduction !
Demain, à 12 h 30 au CDI.
Pour être sûre que ton père ne lise pas ces messages, tu dois les effacer ! Attention ! Tu cliques avec le bouton droit de la souris sur la ligne du message et tu sélectionnes « supprimer » !
À demain.
Sabine et Juliette

Sophie-Charlotte avait une petite mine quand elle nous a rejointes le lendemain au CDI.

— C'est gentil d'avoir dit oui tout suite...

— Assieds-toi ! l'a encouragée Sabine. Et raconte-nous tout !

Mme Duchaussoy exagérait ! Qu'en troisième, elle choisisse encore les activités de sa fille (danse classique et piano, bien sûr !), qu'elle décide de ses matières scolaires (latin et allemand renforcé, bien sûr !), qu'elle choisisse ses vêtements (bleu marine et bandeau avec petits chiens dorés, bien sûr !) ne semblait pas gêner Sophie-Charlotte mais qu'elle fasse le tri dans ses amis dépassait les bornes !

J'aurais bien proposé une solution radicale à Sophie-Charlotte comme réclamer une guitare électrique ou retenter un *relooking* mais il faut toujours tenir compte du client et de ce qu'il est capable de faire. Une chose était certaine, Sophie-Charlotte n'était pas assez forte pour affronter sa mère de front.

— Qu'est-ce qu'elle n'aime pas chez ton ami Antoine ? ai-je demandé. Son look ? Il n'a pas de trucs qui énervent en général les parents ? Des piercing ? Des tatouages ?

— Oh non ! s'est écriée Sophie-Charlotte, l'air épouvanté. Il est bien comme maman aime ! Même ses jeans, ils sont repassés !

— Eh ben ! Il doit être mignon !

— Oh oui !

— Alors, c'est peut-être sa façon de parler ? Il est peut-être vulgaire ? Un peu... rebelle ?

— Antoine ? Oh nooon ! Je l'ai rencontré en week-end scout, vous savez, ce n'est pas très « rebelle », les scouts !

On n'avançait pas. Sophie-Charlotte n'arrivait pas à expliquer ce qui, chez Antoine, agaçait sa mère. Sabine a froncé les sourcils. Elle a baissé la voix pour demander :

— Excuse-moi de te poser cette question mais... ta mère n'est pas raciste au moins ? Ce n'est pas une histoire de...

— Oh non ! Elle n'est pas raciste et puis Antoine est breton ! Tout blanc ! Tout pâlichon !

On tournait en rond.

— Il faut qu'on le voie ! ai-je décidé. Comment on peut faire ? Tu as une idée ? On ne peut quand même pas le convoquer et l'observer comme une vache au concours agricole !

— Oh !

— Juliette !

— Pardon, mais c'est vrai, il faudrait un truc discret...

— J'ai bien une idée, a fini par dire Sophie-Charlotte, mais ma mère ne va pas du tout apprécier. Samedi, on fête mon anniversaire... Peut-être que si vous veniez... Peut-être que si je mentais un peu et que je disais à Antoine qu'il est invité... Oh là là, je ne suis pas sûre d'oser. Ma mère...

— Mais si ! Bonne idée ! s'est exclamée Sabine. Ta mère ne le tuera pas devant tout le monde ! Allez ! C'est parfait ! Donne-nous l'heure et l'adresse, on fait comme ça !

On fait comme ça ! Il y a des mots qu'on regrette. « On fait comme ça ! » On l'avait dit bien net, bien clair. On ne pouvait plus reculer. Pourtant on a frémi quand Sophie-Charlotte nous a sorti de son cartable à bretelles un carton d'invitation.

— Je l'avais apporté pour Élisabeth Morin, maman l'aime bien... Tant pis, elle viendra l'année prochaine !

*Sophie-Charlotte est heureuse de vous inviter pour fêter ensemble et dans la joie son anniversaire.*

*Samedi 26 avril à quinze heures, goûter déguisé.*

Madame Hubert Duchaussoy, Allée des Ormes, Nogent-sur-Marne

## 27

## Déguisé ?

— Déguisé ? Formidable, ma puce ! a rigolé mon père pendant le dîner. Tu vas te transformer en quoi ? En sorcière ? En coccinelle géante ? Dis donc, vous n'êtes pas un peu grands, en troisième, pour vous déguiser aux anniversaires ?

— Tu sais... Sophie-Charlotte...

— Ben, papa, pourquoi tu dis ça ? a protesté Mathieu. Y'a bien des adultes qui se déguisent ! T'étais pas en vampire à Halloween peut-être ?

— Oui mais aux anniversaires...

— Attendez un peu ! l'a interrompu maman. Vous dites samedi à quinze heures ? Ce n'est pas possible, Juliette, tu m'as promis de garder ton frère.

— Hé ! Je peux me garder tout seul !

— Pas question ! Un moment, oui, mais pas tout un après-midi ! Je te rappelle que la dernière fois, tu as failli mettre le feu à la cuisine !

— Mais nooon ! a protesté mon frère. Le caramel a un peu accroché à la casserole, c'est tout !

— Je peux l'emmener ? ai-je proposé.

— Génial ! Je me mettrai en pirate, j'adore !

Tout était arrangé, Mathieu a replongé le nez dans son assiette. Avec mes parents, on a échangé des regards sans rien dire. Parfois, mon frère fait vraiment ses dix ans.

Il me restait trois jours pour trouver un déguisement suffisamment déguisé pour la fête de Sophie-Charlotte mais pas trop déguisé quand même pour ne pas mourir de honte.

Sabine a eu de la chance, elle a trouvé tout de suite.

— Gitane ! m'a-t-elle crié dans le téléphone ce soir-là sans même s'assurer que c'était bien moi à l'autre bout du fil.

— Mouais... Une grande jupe, une écharpe sur les épaules, des boucles d'oreilles...

— Et mes bracelets ! Et toi ? T'as une idée ?

— Non !

— Fais comme moi, j'ai fouillé dans l'armoire de ma mère, ça inspire. Je suis tombée sur une grande jupe qui pendouille et hop !

J'ai suivi son conseil. J'attaquais la deuxième penderie quand maman est entrée.

— Eh bien, Juliette ? Qu'est-ce que tu fais ?

— Je cherche une idée de déguisement.

— Dans mes placards ? C'est flatteur ! a dit ma mère avec une drôle de grimace.

Mais j'ai senti que ça l'amusait. Elle a vite plongé au fond du placard et elle en a sorti un gros tas de vieux vêtements.

— Que penses-tu de cette robe ? C'était la mode des paillettes ! Regarde avec cette grande écharpe en soie ! On te l'enroule comme ça autour de la tête... Et voilà... Shéhérazade ! Les mille et une nuits !

— Reste plus qu'à trouver le tapis volant ! a rigolé mon frère dans l'embrasure de la porte.

Maman s'est dirigée vers lui, elle lui a fait un bisou sonore sur le nez comme quand il était petit et ouste ! elle a refermé la porte.

— Pas moyen d'être tranquille dans cette maison ! Bon, on essaie autre chose !

Ce n'est pas très sympa pour mon frère mais j'étais assez contente de rester seule avec maman.

— Alors ! Infirmière avec ma vieille blouse de chimie du lycée... non ! Jardinier avec cette antiquité de salopette en jean ? Tu prends un panier avec deux ou trois salades et des poireaux, et le tour est joué !

— Maman !

— Oh ! Regarde !

D'un seul coup, l'air ému, elle a brandi une robe de grossesse un peu ridicule de quand elle attendait Mathieu !

— Mamaaan !

— Tu mettrais un coussin...

— Mais maman ! Ça ne va pas du tout ! Tu imagines la mère de Sophie-Charlotte ? Elle va faire une crise cardiaque !

— C'est vrai que ce n'est pas de très bon goût...
— Ah non ! Pas très !
— Oh, c'était pour rire, a dit maman en rangeant avec précaution la robe couleur pastel. Tu sais, Marie-Louise, je l'ai connue moins pimbêche !
— Tu... tu la connais ? Mme Duchaussoy ? Pourquoi tu ne me l'as jamais dit ?
— Bof, on n'était pas très copines, Marie-Louise Boucheron et moi. Au lycée, elle avait déjà des grands airs, bien avant d'épouser son Duchaussoy ! Elle était pourtant bien contente de me trouver quand elle a rencontré son Italien !

Là, je me suis assise sur son lit, ça devenait très très intéressant.

— Son Italien ?

## 28

## Son Italien ?

On a beau savoir que les parents ont eu une vie avant nous, ça fait un choc. Je n'arrivais pas à imaginer Marie-Louise Duchaussoy en scooter, cheveux au vent s'accrochant à son Italien tout bronzé. J'imaginais encore moins ma mère en alibi.

— Mais si, je t'assure ! m'a-t-elle confirmé. Elle disait à ses parents qu'on allait à la piscine, je passais la chercher et, dès qu'on tournait au coin de la rue, elle filait vers son Italien. Le soir, elle venait chez moi, on se mouillait les cheveux, on humidifiait sa serviette et son maillot de bain et je la raccompagnais chez elle ! Tu sais, ses parents n'étaient vraiment pas compréhensifs. Ils lui avaient choisi un avenir tout tracé.

Elle devait forcément épouser un jeune homme comme il faut, avoir des enfants, une belle maison, et surtout ne pas travailler !

— C'est bien ce qu'elle a fait !

— Oui ! Mais elle avait envie d'autre chose. Si son Mario ne l'avait pas quittée brusquement, je pense que, pour lui, elle aurait été capable d'affronter ses parents. Il faut dire que pour eux, ce Mario n'était pas très sérieux : il ne faisait pas d'études, il n'était pas riche... Mais qu'est-ce qu'il était beau ! Bon ! On papote, on papote mais tu gardes ça pour toi, hein ?

À sa façon de dire « Mario », j'ai pensé qu'il y avait peut-être là une piste pour comprendre pourquoi maman et Marie-Louise n'étaient plus du tout copines, mais c'était difficile de la questionner davantage.

Je n'avais plus la tête aux déguisements, alors j'ai accepté sans discuter sa dernière idée.

— Tiens ! voilà pour toi qui veux être discrète ! Qu'est-ce qu'il y a de plus discret au monde que ça ?

Elle a sorti un grand imperméable beige et elle m'a habillée comme une poupée.

— Agent secret ! Relève le col ! Bien ! Je te trouverai un chapeau...

Je me suis laissé faire aussi quand elle m'a mis ses lunettes de soleil. J'ai seulement refusé qu'elle m'achève avec son appareil photo autour du cou.

Finalement, le samedi suivant, je n'étais pas si mal sous mon chapeau mou. On était en retard, Mathieu avait mis un temps fou à fabriquer son crochet et ses fausses moustaches. Il avait dû abandonner son idée de jambe de bois. Même en retard, je marchais lentement. Je ne rasais pas les murs mais je préférais éviter de tomber sur des personnes connues. Emmitouflée dans mon imperméable, j'aurais pu traverser le quartier sans être reconnue si mon frère avait arrêté une minute de brandir son sabre et de pourchasser Sabine en hurlant des jurons de corsaire.

— Par ma barbe, rends-toi ou je te jette à l'eau ! Tu vas goûter de l'île déserte !

Sabine rigolait et poussait des cris de victime terrorisée en faisant tourner sa grande jupe.

— Hé ! Juliette ! Sabine ! Où vous allez comme ça ? s'est exclamé Jérôme Flesch en jaillissant soudain de la boulangerie de la rue Malraux. C'est carnaval ?

— Un anniversaire, a expliqué sobrement Sabine.

Il a regardé par-dessus son épaule, il s'est approché de moi et il m'a murmuré :

— J'espère que je n'ai pas été suivi... Il y a un nid d'espions dans la boulangerie. Le pain est truffé de micros, y'a une caméra cachée dans les croissants ! Je suis content de tomber sur toi, 007... J'ai préparé ce matin ma réponse à mon correspondant adoré ! Tu vas voir... moins de deux lignes, je fais comme le John Cruise, je suis de moins en moins aimable et de moins en moins bavard !

Comme s'il s'agissait d'un microfilm top-secret, il me l'a glissé dans ma poche.

— Envoie ce message au décodage, James Bond ! Et bonne chance pour ta mission... Fais gaffe... l'ennemi rôde !

Il a jeté un dernier regard suspicieux aux alentours et il est reparti en rigolant.

— Tout le collège va le savoir ! ai-je soupiré.
— Vous voulez que je le tranche en rondelles et que je le balance aux requins ? a cru bon d'ajouter Mathieu en jouant de la lame.
— Toi, tais-toi ! Et avance !
Cela ne servait plus à rien d'être discrets, on s'est mis à courir. Mathieu criait en tête :
— À l'abordaaage !

## 29

## R.A.S.

Petits fours sur des plateaux argentés, nappes blanches sur les tables, jus de fruits et coupelles de bonbons multicolores joliment disposées nous attendaient chez Mme Duchaussoy. Dans une robe à fleurs très fleurie, elle papillonnait au milieu des invités. J'ai compté cinq princesses, un chevalier, un robot en alu, un Babar géant qui transpirait à grosses gouttes sous sa trompe en feutrine, deux pirates (trois avec Mathieu), un squelette rescapé d'Halloween et quelque chose qui ressemblait vaguement à un extraterrestre.

— Tout va bien ? demandait Mme Duchaussoy à chacun avec un immense sourire, ou encore :

— Quel joli déguisement ! Bravo, bravo, bravo !

— En quoi elle est déguisée, ta mère ? a finement demandé Mathieu.

— Chuuuuuuuut ! a sifflé Sophie-Charlotte en battant l'air des mains.

Son costume de fée jaune pâle ne lui donnait pas bonne mine et je l'avais trouvée particulièrement tendue dès notre arrivée.

— Maman n'a pas du tout apprécié l'arrivée d'Antoine, nous a-t-elle chuchoté. J'ai dû promettre que je ne l'avais pas invité, qu'il avait dû mal comprendre ! J'ai même juré ! Oh là là, jamais je ne recommencerai une chose pareille !

— Calme-toi, on est là..., a essayé de la rassurer Sabine et on s'est dirigées droit vers sa mère.

J'ai veillé à remercier très poliment Mme Duchaussoy de son invitation. Nous n'étions pas au mieux depuis le *relooking* raté de sa fille, à nos débuts. J'ai finalement opté pour :

— Je tiens à vous remercier de cette invitation. C'est particulièrement gentil d'avoir accepté que mon petit frère m'accompagne ! J'espère qu'il aura une attitude convenable...

Mathieu m'a foudroyée du regard mais cela a fait son effet sur Mme Duchaussoy :

— Euh... C'est... c'est avec plaisir, Juliette ! Sois la bienvenue ! Je vois que tu as beaucoup changé, c'est une très bonne chose !

Sous prétexte de chercher des glaçons, nous nous sommes isolés avec Sophie-Charlotte.

— Alors ? C'est lequel, ton Antoine ?

— Oh ! « Mon » Antoine ! Tu exagères, Juliette !
— Lequel ? l'a pressée Sabine.
— Là... Le Babar...

Je ne sais pas pourquoi, je m'en doutais !

— Sophie-Charlotte, tu t'occupes de Mathieu ! a dit Sabine.

Et elle m'a aussitôt tirée par la manche de l'imperméable.

— Viens, allons observer de plus près le pachyderme !

Elle ne rigolait pas. Elle était même concentrée, elle ne perdait pas de vue qu'on était là pour travailler.

Un mètre soixante... soixante-cinq, probablement blond (mais avec les oreilles, ce n'était pas évident de se rendre compte), assez maigre, Antoine parlait calmement avec le robot.

— Oh non ! Moi, je continue le latin ! disait Antoine. Je veux faire des études de droit alors je n'ai pas le choix !

— Au moins, on est vite fixées ! m'a chuchoté Sabine.

Et sur le petit carnet qu'elle a décoincé de la ceinture de sa jupe à volants, elle a écrit immédiatement :

*Cas S-C D*
*Observation du sujet : A. déguisé en B.*
*Look général OK (visage invisible), études OK, expression orale OK, problème de comportement ? ? ?*

— Faut qu'on voie sa tête ! a dit ma copine. Propose-lui quelque chose à manger !

Pour déguster les bonbons que je lui proposais, il a bien été obligé de soulever sa trompe. Bon, on ne peut pas dire qu'il était renversant mais rien de monstrueux non plus. *R.A.S.* comme l'a noté Sabine. En revanche, quand il s'est mis à mastiquer avec de grands bruits de bouche, j'ai cru qu'on tenait un indice.

— Ne sois pas idiote ! m'a dit Sabine. Ce n'est pas suffisant. Si tu y tiens, propose-lui à boire qu'on vérifie mais je n'y crois pas !

J'avais l'air un peu tarte avec mon verre de jus d'orange, Antoine commençait à me regarder avec étonnement. J'étais en train de nous faire repérer pour rien. Il a bu beaucoup plus proprement qu'il ne mangeait : *R.A.S.*

— On est mal, on est mal..., grommelait Sabine en mordillant son crayon.

Il y a eu un brouhaha. Mme Duchaussoy venait de proposer joyeusement de mettre de la musique. Je m'attendais au pire mais non ! Elle a mis un disque (en plastique noir comme autrefois), une musique qui swinguait sec, très chouette, du genre de ce qu'écoutent mes parents. Mme Duchaussoy marquait du bout du pied la cadence, ça devait lui rappeler sa jeunesse ! Ça m'a fait tilt ! Je commençais à comprendre pourquoi elle devenait si stricte avec Sophie-Charlotte. C'était simple : Mme Hubert Duchaussoy, ex-Marie-Louise Boucheron, fan de scooter et d'Italien, n'acceptait tout simplement pas que son gros bébé, sa fille chérie, grandisse ! Elle refusait de la voir s'éloigner et surtout s'attacher à un jeune homme, persuadée que les garçons sont capables de tout et particulièrement de laisser tomber les filles comme des vieilles chaussettes quand elles sont bien amoureuses d'eux !

— Range ton carnet et profite de la musique, ai-je suggéré à Sabine. J'ai un plan pour Sophie-Charlotte. Fais-moi confiance, je t'expliquerai plus tard ! On perd notre temps à observer le Babar !

— Alors, les enfants, vous ne dansez pas ? s'est exclamée Mme Duchaussoy.

— Invite le chevalier ! ai-je dit à ma copine. Il ne faut surtout pas la contrarier...

Sabine a hésité.

— Range ton carnet, je te dis ! Moi, je vais inviter le robot !

J'ai soupiré, j'ai ajusté mon chapeau mou et j'ai affiché mon plus beau sourire avant de m'élancer.

Sabine a même dansé un rock avec Antoine, Mathieu se déhanchait comme un fou. De toute façon, pour nous éclipser sans sembler impolis, je savais qu'on devait attendre le gâteau, les bougies et surtout le joyeux anniiiiversaire, Sophie-Charlotte, joyeux anniversaiiiire !

Avant de partir, j'ai pris le temps de souffler à Sophie-Charlotte :

— Surtout, cette nuit, n'oublie pas d'aller relever tes e-mails ! Je pense que j'ai la solution à ton problème !

Ensuite, on n'a pas traîné pour rentrer. Mathieu boudait, furieux qu'on l'ait obligé à quitter précipitamment la fête.

— Arrête de râler, on a du travail. Il faut que je vous explique mon plan pour Sophie-Charlotte !

— C'est une cliente ? s'est étonné Mathieu. Ah ! De mieux en mieux ! On m'oblige à quitter une fête pour une fois que je rigole et on me cache les clients maintenant ! Je suis quoi, moi, dans *Sabine et Juliette, Conseils* ? Le larbin de service ?

— Mais nooon..., l'a rassuré Sabine.

— Si ! Si ! Il faut dire la vérité comme elle est ! Un larbin de rien ! Limite esclave !

— Un esclave n'a pas de salaire, lui ai-je rappelé.

— Pff ! Deux euros et un petit goûter par semaine... Un salaire, ça !

Sabine allait répondre mais j'ai posé la main sur son épaule.

— Laisse, laisse... C'est sa technique de base pour avoir une augmentation !

Évidemment, à peine à la maison, il est allé s'enfermer dans sa chambre. Il a claqué bruyamment la porte, très très bruyamment. J'ai précédé Sabine dans le bureau, elle était embêtée pour mon frère.

— On devrait peut-être...

— Attends ! Je ne lui donne pas cinq minutes pour rappliquer, il est bien trop curieux... Tiens ! Le temps d'allumer l'ordinateur, il va arriver l'air de rien, en nous demandant : « Alors ? Vous faites encore la tête ? » et paf ! il va s'installer !

— J'espère, je déteste quand il boude ! a conclu Sabine qui passe tout à mon frère.

J'ai allumé l'écran, mis en marche l'ordinateur,

ouvert la messagerie et j'ai entendu un bruit de porte dans notre dos.

Et Mathieu a grommelé :

— Alors ? Vous faites encore la tête, les filles, ou je peux entrer ?

Sabine a retenu un sourire et lui a passé une chaise. Elle lui a même fait un bref résumé et j'ai pu enfin, enfin ! leur exposer mon idée. On a préparé aussitôt deux e-mails pour Sophie-Charlotte.

— L'ennui, c'est qu'il faudra attendre la nuit pour envoyer le premier, ai-je précisé. Sophie-Charlotte m'a bien dit qu'elle ne pouvait pas avoir accès discrètement à la messagerie de son père avant minuit.

— Je peux me relever cette nuit pour l'envoyer, a proposé habilement Mathieu.

— Non merci, je le ferai, je ne voudrais pas abuser !

On a écrit les messages ensemble, mais j'ai signé seule le deuxième pour lui donner un air... comment dire ? de confidence !

```
De : SABINE-JULIETTE<sabine-juliette@zoom.fr>
À : HUBERT DUCHAUSSOY <duchaussoy@abol.com>
Objet : Message à détruire après lecture !

Sophie-Charlotte,
Je crois qu'on a une chance d'arranger ton pro-
blème. On ne va pas pouvoir te donner beaucoup
d'explications, il faut nous faire confiance !
Ce premier message va t'expliquer la marche à
suivre. Surtout n'oublie pas de l'effacer
```

**après l'avoir bien lu ! Ne l'imprime pas ! N'en parle à personne !**
En revanche, il est très important que tu n'effaces pas le message qui suivra ! Il arrivera à dix heures demain matin. Il est terriblement important que ta mère lise le message ! Comme elle passe son temps à te surveiller, cela ne va pas être trop difficile.
Donc, demain, dans la matinée, tu consulteras à nouveau cette messagerie et tu t'arrangeras pour te faire repérer ! Fais tomber quelque chose, tousse très fort, éternue, peu importe mais fais-toi surprendre devant l'ordinateur ! Quand ta mère arrivera, éteins-le brusquement et sauve-toi dans ta chambre ! Sa curiosité devrait faire le reste. Tu as bien compris ? Tu es sûre ? **Relis ce message et détruis-le !**
On se voit lundi à la première heure. Courage, c'est presque fini !
S et B
**Message à détruire après lecture ! Message à détruire après lecture !**

De : JULIETTE<juliette@zoom.fr>
À : HUBERT DUCHAUSSOY <duchaussoy@abol.com>
Objet : Merci pour cette fête charmante !

Chère Sophie-Charlotte,
Un petit message pour te remercier, toi et ta maman, bien sûr ! pour ce très agréable après-midi !!!

En voyant ton ami Antoine, j'ai repensé à ce que tu m'avais dit jeudi pendant la récréation.
Je l'ai bien regardé, tu as raison, il n'y a aucun danger que tu tombes amoureuse de lui !
Il est gentil mais bon ! Je suis comme toi, je ne comprends pas pourquoi ta maman s'inquiète autant.
Je sais bien que son avis compte tellement pour toi que tu ne veux pas la contrarier mais là vraiment, elle se fait du souci pour rien de rien !
J'espère surtout que tu ne feras pas comme Élisabeth qui sort avec un garçon que sa mère déteste.
Je suis sûre que c'est une sorte de réflexe. Plus on interdit quelque chose, plus ça donne envie de le faire ! Ça serait bête que tu tombes superamoureuse d'Antoine seulement parce que tu ne peux pas le voir de temps en temps comme un simple copain !
Bon ! Il faut que je te quitte, j'ai promis à maman de l'aider pour nos invités de ce soir.
Des gens très importants, un ministre ou quelque chose comme ça, à ce qu'il paraît, tu te rends compte ?
Je t'embrasse et encore merci !
Juliette

PS : Sabine et Mathieu étaient très contents aussi !

# 30

# À mourir de rire !

Le lundi matin, à huit heures et demie, Sophie-Charlotte et Sabine m'attendaient dans le hall du collège, Jérôme, Benoît et Victor Brun aussi.

— La voilà ! Hé ! Juliette ! a hurlé Jérôme. Hé ! Dis-leur que c'est vrai ! Ils ne veulent pas me croire !

J'ai pensé faire demi-tour.

— Elle était déguisée en espion, je vous dis ! En pleine rue ! Avec le chapeau, l'imper, tout ! criait Jérôme. Hein, Juliette, que c'est vrai ?

Près du tableau d'affichage, des élèves que je ne connais que de vue ont commencé à pouffer, le surveillant a souri aussi en faisant semblant de vérifier d'encore plus près un carnet de correspondance.

J'avais envie de crier que moi au moins je ne faisais pas semblant d'être une star de cinéma, ni un garçon irrésistible, ni un seigneur qui vit dans un palace. Mais la discrétion, c'est la règle d'or de *Sabine et Juliette, Conseils*. J'en avais quand même très envie.

— En espion ? Ah ? Vous deviez être... amusante ? a dit gentiment mon professeur de mathématiques qui passait à côté de moi.

— Tordante, monsieur ! lui ai-je répondu avec une tête sûrement sinistre. À mourir de rire ! D'ailleurs tout ceux qui m'ont croisée ne s'en sont pas remis !

M. Vétel en est resté bouche ouverte. J'ai filé vers Sabine et Sophie-Charlotte, je les ai saisies chacune par un bras et entraînées dans le couloir de la CPE.

— Alors, l'effet de notre e-mail ?

— Radical ! s'est écriée Sophie-Charlotte. Maman n'a rien dit de direct, bien sûr, mais dimanche après le déjeuner, elle m'a proposé d'aller au cinéma.

— Je ne vois pas tellement le rapport, a dit Sabine.

— Attends ! Le cinéma, c'est très rare, la dernière fois, c'était *Le Roi Lion*, vous voyez le genre ?

On voyait.

— Et maman m'a proposé d'inviter Antoine ! a enchaîné Sophie-Charlotte encore émerveillée. Pour ne pas faire bizarre, elle a dit : « Antoine... ou un autre de tes amis... » Vous êtes trop fortes !

Les yeux brillants, elle se tenait les mains en faisant des petits sauts. Elle a attendu qu'un groupe de sixième s'éloigne dans le couloir et elle a ajouté à voix basse :

— Vous voulez une autre preuve que ça a bien marché ?

— Bien sûr ! s'est exclamée Sabine qui semblait très heureuse de la voir si joyeuse.

— Ce matin, pendant le petit déjeuner, elle m'a dit comme ça, l'air de rien : « Tu sais... Finalement, j'ai trouvé Juliette très agréable. C'est amusant comme les jeunes changent vite ! Regarde Élisabeth Morin ! Elle étais si mignonne petite, eh bien, elle aussi, elle change mais en beaucoup moins bien ! » J'espère que je ne vais pas être obligée de vous demander de m'aider à avoir le droit de voir Élisabeth !

J'ai dû avoir l'air inquiet.

— Je plaisante ! a ajouté Sophie-Charlotte. Hé ! Ça sonne !

Je l'ai laissée partir devant en prétextant un détail à régler avec Sabine. Je ne voulais pas me retrouver dans la classe avec Jérôme avant l'arrivée de notre professeur d'anglais. Si Mlle Dolle n'était pas là pour lui imposer le silence, j'avais peur de finir par oublier une certaine règle d'or.

# 31

## Une très très bonne nouvelle...

— Asseyez-vous ! Jérôme... ne commence pas à bavarder !

Mlle Dolle était dans une forme olympique. J'aurais dû me douter que quelque chose de spécial nous attendait.

— Ce matin, je veux faire un petit bilan avec vous de votre correspondance avec nos amis anglais...

Pascaline a couiné, trois autres personnes se sont retournées pour me regarder.

— Ne vous inquiétez pas ! Il ne s'agit pas pour moi d'être indiscrète et de transformer un échange de lettres en bête exercice sous prétexte de vous contrôler... Mais j'ai une bonne, une très très bonne nouvelle à vous annoncer !

Soignant son effet, la professeur a ouvert lentement son petit cartable en cuir noir pour en sortir une page légèrement froissée.

— Voilà ! Un courrier de mon collègue anglais, M. Smith ! Le plus simple est que je vous le lise !

Il y a eu un murmure.

— C'est en français ! a vite précisé Mlle Dolle pour ne pas perdre notre attention. « Chère Virginie... C'est moi !... Un petit mot en toute urgence pour te faire une proposition. J'ai essayé de te joindre par téléphone, hier soir, impossible ! Tu te souviens que je projetais un bref voyage de fin d'année avec mes élèves dans le sud de la France ? C'est malheureusement annulé. D'une part, les tarifs des avions sont exorbitants, et d'autre part, mon budget a subi une vraie cure d'amaigrissement au dernier conseil de mon établissement. Alors, j'ai eu une idée. Notre budget bien insuffisant pour la Côte d'Azur me semble correspondre davantage à celui d'un aller-retour Londres-Paris en Eurostar ! Une journée à Paris ! Que dirais-tu de faire se rencontrer nos élèves ? Ma chère Virginie, je serais aussi très heureux de te... » Enfin ! là, j'arrête, ça ne... ça ne vous en dira pas plus !

Les élèves ont commencé à se regarder, les discussions ont démarré.

— C'est génial ! On va enfin mettre une tête sur leur nom, a dit quelqu'un devant un peu plus fort.

— Pff ! Ils viennent parce qu'on n'est pas chers ! a grogné Benoît Legaénec.

— Ouais ! Des soldes ! Voilà ce qu'on est ! a renchéri son voisin.

La classe s'enflammait, Mlle Dolle souriait.

— On pourra leur faire visiter Paris ! s'est écriée Élisabeth Morin. La tour Eiffel ! Le musée du Louvre ! La grande Galerie !

— Oh oui ! a renchéri Sophie-Charlotte. Et pourquoi pas la Très Grande Bibliothèque, mademoiselle ?

— Alors là, c'est sans moi ! a protesté Youri. Et puis quoi encore ? C'est des étrangers quand même ! Il faut être sympa ! Si on les invite, il faut leur faire faire des trucs chouettes ! Du roller au bord de la Marne ou... un petit pique-nique, je ne sais pas, moi...

— Si tu ne sais pas, tu n'as qu'à te taire ! a rétorqué Élisabeth. On ne fait pas un voyage pareil pour admirer les canards du bord de Marne !

— Un voyage pareil ! a crié Youri. Hé ! Oh ! Ils ne viennent pas de Chine, tes Anglais, oh ! Atterris, ma vieille !

Ça m'étonnait que Mlle Dolle tolère que ça dégénère mais j'ai compris à son sourire et à ses yeux dans le vague qu'elle pensait à tout autre chose.

Soudain, elle s'est levée brusquement de sa chaise. Ça a surpris tout le monde, et il y a eu un début de silence.

— Évidemment... Pour le même budget que leur aller et retour, on pourrait leur proposer quelque chose d'encore plus intéressant...

— Oui ?

— Quoi exactement ?

Même moi, je tendais le cou en avant.

— Évidemment... Une journée, c'est court... Évidemment, il faudrait que vos parents soient d'accord... mais cela serait tellement riche et profitable pour tous si chacun de vous accueillait chez lui, pour une nuit, son correspondant !

## 32

## Besoin d'air

— C'est hors de question ! Jamais cette face de rat de Tom Lynch ne viendra dormir chez moi ! a crié Benoît.

— T'as peur que ton Anglais se rende compte que ton château a rétréci ? a pouffé Victor.

— Non mais dis donc, toi ? Le bourreau des cœurs ! L'homme aux mille nanas ! Tu ne crois pas non plus que ta Linda chérie va faire une drôle de tête quand elle verra que ton fan club a fondu comme de la neige au soleil ?

Dès la récréation, nos clients s'étaient regroupés comme par instinct autour de notre banc. Ils faisaient déjà beaucoup de bruit quand Sabine s'est glissée entre nous à pas de loup.

— Qu'est-ce qui se passe ? m'a-t-elle demandé.

— Les Anglais débarquent..., a répondu pour moi Benoît d'une voix sinistre. Et à cause de vous, on est dans la glu !

— À cause de nous ?

J'en avais entendu depuis la création de *Sabine et Juliette, Conseils*. J'avais vu des clients ingrats, des clients radins, des trouillards, des faux-jetons qui ne nous adressaient plus la parole après que l'on s'est occupés d'eux, même avec succès, mais, ça, on ne nous l'avait jamais fait !

J'ai cru que Sabine allait s'étrangler.

— Tu insinues quoi, là, Benoît ? Que, sans nous, tu aurais eu des relations parfaites avec ton charmant correspondant ? On n'a pas cessé de te conseiller d'être plus aimable !

— Mais parfaitement, je l'insinue ! Si j'avais eu à traduire, j'aurais écrit moins souvent et si j'avais écrit moins souvent... ça n'aurait pas dégénéré si vite !

— Oh !

— Et Pascaline ? a enchaîné Benoît en posant habilement une main amicale sur l'épaule de l'intéressée. Elle ne va pas avoir l'air d'une débile quand sa correspondante va apprendre que non seulement elle n'est pas chanteuse mais qu'elle n'est même pas fichue de chanter *Petit Papa Noël* ?

Pascaline a blêmi et saisi la main de Benoît.

— Désolée, les filles, a-t-elle dit doucement, mais

c'est vrai que sans vous, je n'aurais jamais fait un faux CD...

J'ai cherché inutilement du secours du côté de Victor qui fixait ses baskets d'un air effondré. En fait, c'est Jérôme qui a été le moins dur.

— Vous exagérez, là... Elles ne nous ont pas forcés quand même... Et de toute façon, ça ne change rien. Le John Cruise, j'en veux pas chez moi non plus !

Là, enfin, Victor a relevé le nez.

— Moi, je veux la voir, Linda ! C'est vrai que je n'aimerais pas qu'elle dorme chez moi, je serais... je serais trop gêné, quoi ! Mais je veux la voir...

Ça doit être ça, la conscience professionnelle. Comprendre qu'un client, on doit continuer à bien s'en occuper même quand on a envie de le réduire en bouillie ! Il fallait que je trouve une solution à cette histoire de correspondants. Il fallait que *Sabine et Juliette, Conseils* finissent ce qu'elles avaient commencé ! J'ai pris quelques minutes pour réfléchir pendant que Benoît continuait à se plaindre du sale tour qu'on lui avait soi-disant joué. Puis, j'ai inspiré très fort et je leur ai fait une proposition qui m'a semblé plus que correcte. Je n'ai pas dû parler assez fort car Jérôme m'a tout de suite dit :

— Tu peux répéter ça ?

— Sabine et moi tenons à ce que ceux qui s'adressent à nous soient contents, et peu importe ce que l'on pense d'eux ! Alors, je m'engage à faire inviter chez moi tous les correspondants de ceux qui le souhaitent !

— Juliette ? m'a dit mon associée un peu inquiète.
— Même le mien ? s'est fait confirmer Benoît.
— Même le tien !
— Sans supplément ?

J'ai attrapé mon sac et j'ai entraîné ma copine vers le bâtiment B. J'avais vraiment besoin d'air.

## 33

## Correspondance
(Ne pas oublier de signer)

— Mais maman... c'est seulement pour une nuit !

— Pour une nuit ! Encore heureux ! Combien sont-ils déjà ?

— Ben... Un, deux, trois, quatre... plus la mienne...

Maman marchait à grands pas dans le salon, signe que ce n'était gagné. Pas fichu, mais pas gagné.

— Je ne comprends pas pourquoi les parents de tes camarades ne peuvent pas les accueillir chez eux ?

— Ben, chez Benoît... euh... c'est trop petit ! Et... et les parents des autres ne sont pas là ce jour-là ! Et... euh... Victor est trop intimidé car sa correspondante est une fille !

— Pour Victor, je comprends... Mais les autres ? Tous absents comme par hasard ? Tu es sûre qu'il n'y a pas une autre raison ? Une raison dont tu n'aurais pas tellement envie de me parler ?

— Maman !

Elle ne m'aidait pas beaucoup ! Elle sait bien que je n'aime pas lui mentir, elle aurait pu éviter de me poser tant de questions ! Je me donnais du courage en repensant très fort à ses fausses séances de piscine avec Marie-Louise Boucheron.

— Allez, maman ! Dis oui, sinon c'est fichu pour tout le monde !

— Eh bien... Admettons que tout cela soit vrai... Admettons que ma fille se souvienne de ma gentillesse et soit particulièrement agréable pendant quelque temps... On admet ?

— Mamaaan !

— Bien ! Alors, ça va être le camping !

Pendant le dîner (que j'ai aidé à préparer), on a fait un plan de couchage. Mon père a très bien pris la chose, il semblait s'amuser.

— On peut en caser deux dans le canapé du salon, deux autres sur un matelas dans le bureau... Et ta Carry dans ta chambre ? a suggéré papa.

— Ah non ! l'a interrompu maman. Vous n'allez pas me les étaler partout ! On les regroupe dans vos chambres ! Juliette prend les filles et Mathieu les garçons !

— Yes ! J'en ai deux ! a crié mon frère.

Maman a soupiré et servi la salade. J'ai attendu

qu'elle se détende un peu pour demander doucement :

— Dites... Au point où on en est... Ce n'est pas très grave si Sabine vient dormir aussi ?

Le lendemain matin, j'étais assez contente de pouvoir annoncer à nos clients, d'un ton plutôt glacial, que tout était arrangé. L'honneur était sauf ! Benoît n'a rien dit mais les autres m'ont remerciée d'un air gêné.

— Tu... tu ne nous en veux pas trop pour hier, alors ? m'a même chuchoté Jérôme.

Mlle Dolle, elle, a apprécié. Nous avions anglais en première heure de l'après-midi et elle avait commencé son cours par un petit pointage.

— Alors ? Vos parents sont d'accord ? Vérifions avec la liste d'appel ! Youri Amelin ?

— Pas de problème !

Puis, on est arrivé à D comme Damiot Pascaline :

— En fait, il y avait comme un problème mais il n'y en a plus, mademoiselle ! Juliette prend ma correspondante et quelques autres..., a dit Pascaline avant de tout lui expliquer.

Mlle Dolle a beaucoup apprécié.

— Oh ! C'est vraiment gentil, Juliette ! Vous remercierez vos parents... Non ! Donnez-moi votre carnet, je vais le faire moi-même ! Et j'en tiendrai compte dans votre bulletin, j'aime beaucoup la façon dont vous vous impliquez dans cette petite aventure !

# Correspondance

(Ne pas oublier de signer)

| DATE | |
|---|---|
| 29/05 | Madame, Monsieur Lambert, Je tenais à vous remercier chaleureusement d'accueillir ainsi nos petits Anglais. De plus, Juliette s'implique avec beaucoup d'énergie dans ce projet et je la félicite ! Très cordialement, |

J'ai souri un peu bêtement comme d'habitude dans ces cas-là. Je ne sais jamais quoi dire quand on me fait un compliment. Dans un sens, heureusement que c'est rare. Mais ça m'avait fait plaisir et j'ai gardé le sourire jusqu'à la fin du cours. Je l'avais encore en allant en mathématiques. En fait, je l'ai eu jusqu'à ce que Benoît me rattrape dans le couloir et me dise sans rigoler :

— Tu vois, Juliette, finalement, ça sera un peu grâce à nous si t'as une appréciation d'enfer sur ton bulletin !

Le soir à la maison, j'ai attendu pour montrer mon carnet à mes parents. Ce n'est pas si souvent un moment agréable. Après le dîner, ils se sont installés sur le canapé du salon. Dès que j'ai entendu la pub, je le leur ai mis sous le nez, à la bonne page, bien sûr !

— Elle est charmante ! a dit maman.

— Ah ! Si tu n'avais que des mots comme ça ! a dit mon père.

— Il y a une faute à « accueillir » ! s'est cru obligé d'ajouter Mathieu qui louchait au-dessus de leurs épaules.

Je les ai laissés regarder tous les trois la cinq centième rediffusion de *La Grande Vadrouille*. J'allais être enfin au calme pour écrire à Carry. À Carry que j'allais voir bientôt, en chair et en os !

## 34

## Djouliette !

Le lundi 12 mai à neuf heures pile, on est sortis précipitamment du collège François-Villon. On s'est dirigés vers le RER, Mlle Dolle ouvrait la marche.

— Dépêchez-vous ! Leur train arrive dans une demi-heure ! On est en retard !

On n'a pas rigolé comme d'habitude quand on va visiter Paris. On était impatients et tendus.

— Tu crois que ta correspondante aura son lapin ? m'a demandé Jérôme au changement de la station Châtelet.

Depuis quinze jours, il faisait des efforts pour qu'on se réconcilie.

— Je ne crois pas, non ! Mais pas un mot sur son

lapin ! Je ne sais pas pourquoi je t'en ai parlé ! Ne la vexe pas, hein ?

— Mais non ! Ne t'inquiète pas !

J'ai regardé un à un mes clients. Pascaline et Benoît n'avaient rien de particulier. Mais Victor était métamorphosé. S'il nous avait consultées, Sabine et moi, pour un *relooking*, on lui aurait formellement interdit de se vider sur la tête une boîte de gel à fixation forte. Et cette raie au milieu, ridicule !

En arrivant à la gare du Nord, je lui ai soufflé gratuitement :

— Décoiffe-toi un peu... Ça fait apprêté...

— Tu... tu crois ?

— Oui !

— Merci, Juliette ! Merci ! a-t-il dit en secouant énergiquement ses cheveux à deux mains.

— Je t'en prie.

Mlle Dolle s'est mise à courir.

— Ils sont certainement déjà arrivés ! On est en retard ! On est en retard !

— Regarde-la ! a rigolé Jérôme. On dirait le lapin d'Alice au pays des merveilles. Tu sais le gros blanc avec sa montre qui a peur de la reine ?

— Jérôme ! Tu as promis !

— Oh ! Pardon ! Plus de lapin ! J'ai pas fait exprès...

— Mais où est la voie 12 ? s'énervait la professeur.

— Entre la voie 11 et la voie 13..., a ricané quelqu'un.

Puis, soudain, je les ai vus ! Là, nos Anglais ! Avec plein de sacs à leurs pieds et un grand monsieur maigre, droit comme un i sous le tableau d'affichage des arrivées !

On s'est presque tous précipités.

— C'est le mien !

— Pascaliiiiine ! ont hurlé trois ou quatre Anglaises. Pascaliiiine ! »

Et immédiatement, bras dessus, bras dessous, elles ont entonné le premier titre de sa « compil » :

*Je t'aime, je t'aime...*
*Je t'aime, oh ouiiii, je t'aiiime...*
*Je t'aimeraiiiiii toute ma viiiiiiiiiie...*

— William ! How are you, my dear ?

— Veurdginie ! a dit le grand monsieur maigre en saisissant notre professeur par les épaules.

Beaucoup d'Anglais tenaient des photos de nous, une petite blonde m'a tendu la sienne en criant pour se faire entendre :

— Tou connais Victor ? Il être blonde, frisé, très rigilote ?

— Je... je ... je suis làààà, a bêlé Victor derrière moi. Li... Li... Linda ?

Tout à coup, j'ai entendu :

— Djouliette ! Djouliette ! C'est moâ, Carry ! Djouliette !

— Carry !

Elle m'est tombée dans les bras. Elle parlait à toute vitesse, je n'ai rien compris. Elle secouait ses nattes en me racontant sans doute son voyage. Ça avait dû être mouvementé. Je disais : « Yes, yes ! » ou encore « Ooooh, yes ! » Elle était toute contente.

Elle était comme sur sa photo, immense, toute fine avec des bras qui n'en finissent pas. Soudain, elle a ouvert son sac à dos et elle en a sorti un paquet-cadeau avec plein de rubans.

— Pour toâ, Djouliette !

— Oh merci ! lui ai-je dit en anglais, bien sûr.

C'était un assez gros lapin en peluche blanche avec un nœud autour du cou.

— Maintenant, toâ, rabbit aussi !

Et elle a ri. Elle a même beaucoup ri. Ça devait être de l'humour anglais. Je me suis dit que c'était bien ce rire-là qui manquait dans ses lettres. Elle m'aurait plu tout de suite si j'avais pu l'entendre.

Les profs ont semblé se souvenir brusquement qu'on était là, sur le quai 12 de la gare du Nord.

— Bon ! s'est exclamée Mlle Dolle en tapant dans ses mains et elle s'est adressée dans leur langue à nos correspondants.

Les Anglais ont vite perdu le sourire. Un grognement général s'est fait entendre, le même genre de bruit que fait la classe quand un prof annonce une interro. Mlle Dolle, désemparée, a échangé quelques mots avec M. Smith. Il s'est tourné et nous a dit :

— Chers petites Français ! Mes élèves proutestent ! Je croâs que voutre sympathique programme... visiter Parisse, le tour Eiffel ou le mousée du Louvre ne courrespond pas à leurs zattentes ! Est-ce vous seuriez fâchés si nous faisons un petite changement de prougramme ?

— Oh nooon ! avons-nous crié en chœur.
— Ben..., a dit Élisabeth Morin.
— Of course, not ! a ajouté Jérôme.
— Qu'est-ce que vous diriez de nous emmener visiter voutre collège, nous montrer voutre ville à vous, voutre vie, quoi ?

Jérôme s'est approché de M. Smith et il lui a chuchoté quelque chose à l'oreille. Le prof a aussitôt traduit pour ses élèves. Il y a eu un grand cri d'enthousiasme, un peu comme quand la même interro est annulée.

— Great ! a crié Carry. Fourmidable !

On s'est tourné vers Jérôme qui paradait, les doigts en V. Quelques Anglais lui ont amicalement tapoté le dos.

— Qu'est-ce que tu as dit à M. Smith ? a demandé Élisabeth qui tenait contre elle un microscopique dictionnaire franco-anglais.

— *Jérôme Flesch Tour Opérateur* vient de leur vendre le séjour de leurs rêves ! Et ils sont contentes, les zanglais ! Roller, vilo au bord de le Marne... et petite pique-nique à côté des mignonnes canards !

## 35

## Une petite pique-nique…

— Quand même… traverser la Manche pour compter les canards !

Assise, les pieds ballants au-dessus de l'eau, Élisabeth Morin ne s'en remettait pas.

— One, two, three canards…, a commencé Jérôme.

Tous les autres s'en remettaient très bien.

Après un tour rapide du quartier, guidés par cinq élèves dont moi (les autres étaient partis chercher des vélos et des rollers et Mlle Dolle le pique-nique), on leur avait fait visiter le collège au pas de course. Tous les élèves et les professeurs du collège nous avaient regardés comme des bêtes curieuses.

— Suivez le guide ! avait crié Jérôme en fonçant

vers le bâtiment A. À votre droite, les laboratoires de techno... avec, au plafond... une très belle peinture blanche du XXe siècle ! À votre gauche... euh... une salle de classe normale ! Ce n'est pas la peine de monter aux étages, c'est tout pareil !

— Je tradouis ça aussi, Jéroume ? lui avait demandé en riant M. Smith.

Si le professeur des Anglais semblait apprécier son humour très léger, il n'aurait peut-être pas dû le montrer autant.

— Yes ! Yes ! Faites !

En sortant de la salle, Jérôme s'était plié en deux en tendant la main.

— Mesdames et messieurs... Si vous avez aimé la visite, n'oubliez pas le guide !

C'est là que j'avais vu de près pour la première fois son correspondant : John Cruise. Aucun doute. Il avait bougonné quelque chose en passant devant Jérôme. M. Smith s'était retourné et lui avait répondu sèchement. Même si j'avais fait allemand première langue, j'aurais compris que John venait de dire quelque chose de pas très sympa.

— C'est lui, le John Cruise, avait soupiré Jérôme. Allez ! On les emmène visiter la cantine !

Une demi-heure plus tard, en sortant du collège, on s'apprêtait à rejoindre les autres quand quelqu'un derrière nous a crié :

— Hé ! Ho !

C'était M. Cornat, notre principal.

— Alors ? Vous ne pensez pas à venir me présenter vos correspondants ? s'était offusqué M. Cornat.

242

M. Smith était immédiatement allé le saluer et lui avait dit quelques mots.

— Il nous pourrit le timing, le protal ! avait grogné Jérôme.

C'est vrai qu'il a été long. J'ai eu le temps de regarder nos Anglais tranquillement. C'est rigolo mais si je n'avais pas su à l'avance qu'ils étaient anglais, je ne l'aurais pas deviné !

Carry n'aimant ni le vélo ni les rollers, on s'est promenées tranquillement le long de la Marne en discutant.

— Oh ! Regarde, Djouliette ! Très djouli, cet oiseau !

— Oh yes ! Very nice !

Forcément, ce n'était pas très compliqué comme conversation, mais on se comprenait. Je crois que les copains avaient la même impression.

La seule qui ne disait pas un mot, même en français, c'était Pascaline.

Sa correspondante et ses copines insistaient depuis leur arrivée pour qu'elle leur chante un petit quelque chose :

— Oh ! Pleeeease... Pascaliiiine...

J'ai cherché dans le minidictionnaire d'Élisabeth Morin et j'ai trouvé :

**Voiceless** : sans voix ; muet ; *Med* : aphone.

Aphone ! C'est ce que j'ai conseillé (sans supplément, bien sûr !) à Pascaline :

— Dis-leur que tu es désolée mais que tu es aphone ! Tu as eu un concert très difficile, tu ne peux plus chanter. Le médecin te l'interdit pour une semaine !

Pascaline leur a écrit ça sur un petit bout de papier. De toute façon, elles connaissaient sa compil par cœur.

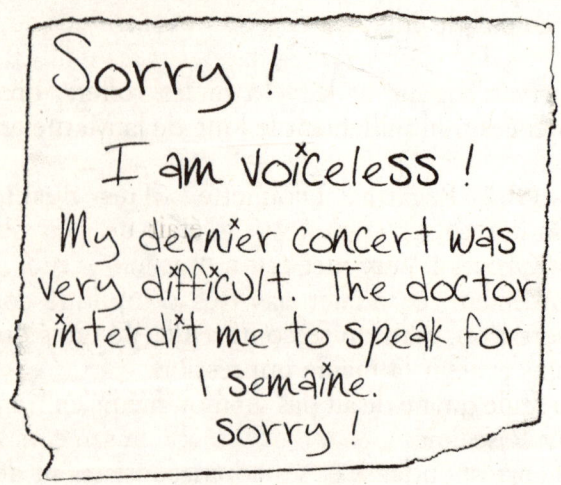

Partager les sandwiches, les chips et le Coca Cola rapportés par Mlle Dolle a fini de mettre une très bonne ambiance.

— Délicious ! Le couisine française ! a même dit ce bougon de Tom Lynch.

— Tu crois qu'il se moque ? m'a chuchoté Benoît.

— Bien sûr que non ! Elles sont super, ces chips !

On peut dire que c'était parfait. Mlle Dolle et M. Smith souriaient aux anges, leurs élèves communiquaient comme dans le meilleur de leurs rêves. Encore deux ou trois heures comme ça et la bonne humeur de tous finirait bien par agir sur mes clients les plus difficiles. Encore un après-midi de rigolade et qui sait ? Jérôme ferait un geste vers son correspondant, Benoît arrêterait de loucher sur le sien d'un air méfiant... J'allais peut-être pouvoir dire à maman que ce n'était plus la peine de transformer l'appartement en dortoir ? On n'en saura jamais rien. À peine une heure plus tard, quand Élisabeth est tombée dans la Marne en essayant de chasser un canard, il a bien fallu rentrer précipitamment.

Au collège, on a récupéré les affaires de nos Anglais avant de rentrer chez nous. C'était un peu bizarre. Chacun partait avec le sien (ou presque) et moi... avec ma bande !

— À... à demain... Linda ! a dit Victor planté en haut des marches.

— Bon, ben... Salut ! a lancé Jérôme.

Benoît et Pascaline n'ont rien dit mais ils sont restés aussi à nous regarder partir jusqu'à ce qu'on tourne au coin de la rue.

## 36

## Surprise !

Mes parents ont chaleureusement accueilli les correspondants. Ils les ont installés et mis à l'aise.

— Sabine a téléphoné, elle arrivera en retard, on ne doit pas l'attendre pour dîner ! m'a prévenue maman en distribuant des oreillers.

Mathieu faisait visiter l'appartement aux garçons, papa transportait les derniers matelas.

Avant et pendant le dîner, mon père a monopolisé la conversation. Les Anglais ne s'en plaignaient pas, ils s'amusaient bien. Même si maman traduisait de temps à autre, Mathieu et moi, on se sentait un peu isolés.

Dès que la sonnette a retenti, je me suis levée de table, j'étais contente qu'elle arrive.

— Ça doit être Sabine !
— Je vais avec toi ! s'est exclamé mon frère.
— Non..., a dit maman. Vous, vous occupez du dessert, moi je vais ouvrir !

On a filé dans la cuisine et Carry nous a suivis.
— Oh, Djouliette... Ça est sympathique ce journée aux bords de Marne et very très agréable ce dîner avec tes parentes. Mais je espère que demain on peut parler tout seules un petite peu plus ?

Je ne savais pas quoi répondre, même en français.
— Tu sors la mousse au chocolat ! m'a pressée mon frère. Ah ! je suis sûr que je l'ai superréussie ! J'emporte les assiettes à dessert !

Carry me tenait gentiment la porte du réfrigérateur, j'ai essayé de la rassurer :
— Demain, on sera toutes les deux ! C'est promis !
— Les fiiiilles ! a crié Mathieu en revenant précipitamment. Y'a des clients partout ! Y'a Félix ! Prenez des assiettes en plus !

Je n'y comprenais rien. Ils étaient tous là ! Ils étaient tous debout. Linda, Betty May, John, Tom Lynch, Sabine, Jérôme, Benoît, Victor, Pascaline et même notre traducteur ! Mes parents me regardaient, l'air particulièrement satisfait.
— Surprise ! s'est exclamé mon père.

Là, j'ai vu sur le canapé du salon un gros tas de sac de couchages supplémentaires.
— Ils dorment ici ?
— Eh bien, oui ! a répondu mon père. On ne dira pas qu'on ne fait pas le maximum pour les amitiés

franco-anglaises ! Ah ça, si on refait un jour la guerre de Cent Ans, ça ne sera pas de notre faute !

— Chéri !

De se retrouver tous réunis, ça a complètement dégelé Benoît et même Tom Lynch.

— T'as vu ? m'a dit Jérôme. Ça s'arrange ! Le John Cruise était tellement surpris de me voir qu'il m'a accueilli comme un copain ! Non mais... tu sais ce qu'il m'a dit ? « Hello, mon pote ! » En français ! Son premier mot de français ! « Mon pote ! »

— Sabine ? ai-je dit à ma copine. Je ne comprends rien ! C'est toi qui as demandé ça à mes parents ?

— Pas vraiment, non...

Ma mère s'est approchée.

— Maman ?

— Oui ? Tu veux des explications, c'est ça ? Bon ! Disons que ce matin, j'ai croisé Sabine par hasard devant son immeuble et que nous t'avons mis au point cette petite surprise. Tu es contente, non ?

— Tu as vraiment rencontré Sabine par hasard ?

— Pourquoi ? Tu crois que je suis le genre à faire des cachotteries ? Le genre à organiser des tas de choses en secret ? Qu'est-ce qui te fait penser ça ?

Et avant d'inviter tout le monde à déguster la mousse au chocolat qu'avait déjà copieusement entamée mon frère, elle a ajouté à voix basse :

— Tu imagines le malheur qu'on ferait... *Mère et fille, Conseils* ?

Je n'ai pas eu à répondre, ils levaient déjà tous leur verre.

— Vive l'Angleterre ! a choisi Jérôme.

— Vive le France ! a braillé son correspondant.

Benoît Legaénec s'est levé comme pour commencer un long discours. Il a toussé pour s'éclaircir la voix :

— Hum ! Je lève mon... mon jus de pomme à M. et Mme Lambert qui nous reçoivent... Je traduis... I lève my glass of apple juice to mister and miss Lambert who have invited nous...

— Il est très bien, ce petit, a pouffé papa. Il ira loin.

— À nos chers correspondants... to our dear correspondants..., a continué Benoît.

— Très loin !

— À Sabine et Juliette parce que... euh... bon... quand même... et euh...

Soudain, Mathieu a brandi sa petite cuillère et, sans quitter des yeux son assiette, il a eu, la bouche encore pleine, le mot de la fin :

— Et vive la communicachion !

# TABLE

1. Amour et relooking... 30 euros ................ 13
2. Mademoiselle Pimbêche ....................... 19
3. Ouiiink ! Ouiiink ! ................................ 27
4. Charlie de Charlie Coiffure .................... 33
5. C'est un nouveau ? ............................... 43
6. Le cas Charles Rey ............................... 53
7. Les groupies ! ..................................... 63
8. Quel culot ! ........................................ 71
9. Gling... Gling... .................................. 81
10. Vite ! Venez voir ! ............................... 89
11. Le Cyber-relooking .............................. 95
12. Je me connecte ! ................................ 101
13. Sur le web ! ...................................... 107
14. Misère ! ........................................... 113

*Quelques mois plus tard...*

15. Linda, Carry ou Jessica ....................... 121
16. Chère courespon, .............................. 125

| | |
|---|---|
| 17. mousseron.g@flop.fr | 129 |
| 18. Trop facile ! | 137 |
| 19. Bilan d'entreprise | 141 |
| 20. Help ! | 147 |
| 21. L'Américain | 153 |
| 22. Pour une fois qu'on rigole ! | 161 |
| 23. Ô Victor | 165 |
| 24. Attendre… | 171 |
| 25. Correspondants anglais | 177 |
| 26. On fait comme ça ! | 193 |
| 27. Déguisé ? | 199 |
| 28. Son Italien ? | 203 |
| 29. R.A.S. | 207 |
| 30. À mourir de rire ! | 217 |
| 31. Une très très bonne nouvelle… | 221 |
| 32. Besoin d'air | 225 |
| 33. Correspondance (Ne pas oublier de signer) | 229 |
| 34. Djouliette ! | 235 |
| 35. Une petite pique-nique… | 241 |
| 36. Surprise ! | 247 |

Ce roman vous a plu ?
Ou pas du tout ?

# Donnez votre avis sur
# Lecture-Academy.com
LE SITE DES MORDUS DE LECTURE

Chaque mois, le site organise l'élection du « **lecteur du mois** ». Ce sera peut-être toi !

« Pour l'éditeur, le principe est d'utiliser des papiers composés de fibres naturelles, renouvelables, recyclables et fabriquées à partir de bois issus de forêts qui adoptent un système d'aménagement durable. En outre, l'éditeur attend de ses fournisseurs de papier qu'ils s'inscrivent dans une démarche de certification environnementale reconnue. »

**Composition PCA - 44400 Rezé**

Achevé d'imprimer en Italie par G Canale et C SpA
32.04.2874.9/01 - ISBN : 978-2-01-322874-9
*Loi n° 49-956 du 16 juillet 1949 sur les publications destinées à la jeunesse*
*Dépôt légal : mars 2010*